KB092181

BBULMEDIA

BBULMEDIA

스타라이프

스타라이프

1판 1쇄 찍음 2018년 10월 30일
1판 1쇄 펴냄 2018년 11월 5일

지은이 | 정사부
펴낸이 | 정 필
펴낸곳 | 도서출판 **뿔미디어**

편집장 | 김대식
기획 · 편집 | 문정흠

출판등록 | 2002년 9월 11일 (제1081-1-132호)
주소 | 경기도 부천시 원미구 소향로 17번길(두성프라자) 303호 (우) 14544
전화 | 032)651-6513 / 팩스 032)651-6094
E-mail | bbulmedia@hanmail.net
비북스 | http://www.b-books.co.kr

값 8,000원

ISBN 979-11-315-9301-1 04810
ISBN 979-11-315-8292-3 04810 (세트)

※파본은 구입하신 서점에서 교환하여 드립니다.

BBULMEDIA FANTASY STORY

스타라이프

정사부 현대 판타지 장편 소설

3

CONTENTS

Chapter 1

망종의 최후

존 존스는 방금 전, 저스트 비버가 지껄인 말을 떠올렸다.

니그로.

흑인을 비하하는 단어다.

생각할수록 화가 치밀어 올라 결국 폭발하고 말았다.

"갓 뎀!"

그의 거친 욕설에 주변에 있던 이들이 화들짝 놀라 돌아본다.

그런 탓에 수현은 존 존스 대신 사람들에게 사과를 했다.
지금 존 존스는 무척 흥분한 상태라 자칫 잘못했다가는 시비가 붙을 우려가 있었다.
눈이 돌아가 다른 사람은 전혀 안중에도 없는데, 괜히 싸움이라도 벌어지면 큰 난리가 날 것이다.
물론 친구인 존 존스가 막돼먹은 사람은 아니다.
화가 났다고 해서 아무나 붙들고 시비를 걸거나 폭행을 일삼지는 않았다.
아메리카, 미국은 세계 경제를 쥐고 있다 해도 과언이 아닐 정도로 돈이 많은 나라다.
자본주의의 상징과도 같은 미국에는 새로운 삶의 기회를 얻기 위해 온 사람들이 많다.
인종의 용광로와 같은 미국이다 보니, 다양한 성향을 가진 사람들이 무수하다.
자신을 희생해 남을 돕는 군인이나 소방관, 경찰에 대한 존경을 보이면서도, 한편으로는 어린 청소년들에게 도둑질을 시키고 마약을 팔게 하기도 한다.
또 어떤 무리는 일부러 사고가 터지게 만들어, 그것을 빌미로 돈을 뜯어내기도 하는 등 다양한 사람들이 존재한다.
그리고 존 존스는 여러 무리의 사람들 중에서도, 겉으로 보기에는 참으로 불리한 점이 많았다.

미국 사회가 평등을 주장하는 것 같지만, 그것은 겉으로 보이는 면일 뿐. 아직도 사회엔 인종 차별이 남아 있다.

대놓고 인종 차별을 하는 것은 아니지만, 백인이 고가의 물건을 가지고 있을 때와 흑인이 같은 물건을 들고 있을 때, 경찰로부터 불심 검문이나 신고를 당하는 횟수에 엄청나게 차이가 난다.

백인이 무언가 고가의 물건을 들고 있으면, 사람들이나 경찰은 당연히 그럴 수 있다고 생각하며 넘어간다.

하지만 흑인이 그럴 경우에는 색안경을 쓰고 보는 경우가 많다.

실제로 그런 차별 때문에 억울하게 피해를 입는 경우가 종종 발생해 뉴스에 나오기도 한다.

그런 점에서 볼 때, 친구인 존 존스는 흑인에 덩치도 상당히 크다.

또 힙합을 하는 뮤지션이기에 복장이나 인상이 그리 정중한 편은 아니다.

이런 상태에서 만약 누군가와 시비가 붙는다면 어떻게 될지는 뻔했다.

더욱이 현재, 저스트와 있었던 트러블 때문에 흥분한 상태란 것이 문제다.

존 존스를 그대로 놔두었다가는 분명 사고가 터질 것이 분명했기에, 수현은 자신의 자리로 돌아가는 내내 존 존스의 흥분을 가라앉히기 위해 노력해야만 했다.

*　　　*　　　*

"어서 와. 그런데 무슨 일 있었어?"

셀레나는 시합에 참가하는 동생을 응원하기 위해 대기실에 다녀온 존 존스가 흥분해 있는 것에 눈을 동그랗게 뜨며 물었다.

"응, 그곳에서 저스트와 약간의 트러블이 있어서……."

수현은 조금 전, 선수 대기실 복도에서 있었던 일을 간략하게 설명해 주었다.

이야기를 모두 들은 셀레나는 어처구니없다는 표정을 지었다.

그도 그럴 것이, 셀레나는 알고 있는 것이다.

저스트가 지금의 자리에 오르기까지 누가 그를 도와주었는지를 말이다.

캐나다의 오디션 프로그램에 출연했던 저스트. 그가 지금의 인기를 끈 것은 다름 아닌 유명 프로듀서인 디레를 만났기 때문이었다.

일명 닥터 디레라 불리는 그의 도움으로, 미국에 와서 정규앨범 'Baby Baby'를 발매하면서 인기스타가 되었다.

그전까지는 그저 그런, 흔한 아이돌 지망생에 지나지 않았다.

그리고 그 뒤로도 닥터 디레와 인연이 있는 흑인 뮤지션들의 도움을 받아, 노래를 만들고 지금의 자리에 올랐다.

그렇게 흑인 뮤지션들의 도움으로 지금의 위치에 오른 저스트가 흑인을 비하했다는 말에 기가 막힌 것이다.

아무리 저스트 비버가 현재 톱스타의 위치에 있다고는 하지만, 만약 이 소식이 알려지게 된다면 그는 지금의 지위를 유지하긴 힘들 것이 분명했다.

"존, 저스트는 분명히 자신이 한 일에 대한 대가를 치르게 될 거예요. 그러니 그 일은 잊고 앞으로 당신의 동생이 보여줄 경기에만 집중해요."

이야기를 모두 들은 셀레나는 아직도 흥분하고 있는 존을 보며 위로의 말을 건넸다.

"그래, 어차피 그놈의 일은 많은 사람들이 보고 들었으니, 금방 소문이 퍼질 거야."

수현도 셀레나와 합세하여 존의 화를 풀어주려고 노력했다.

"그래, 일단 지금은 마이크의 경기에 집중해야겠지. 하지만……."

존은 두 사람의 설득에 화를 가라앉혔다.

하지만, 화가 모두 풀린 것은 아니었다.

그렇지만 지금 상황에서 어느 것이 더 중요한 것인지는 잘 알고 있는 존이기도 했다.

생애 처음으로 기회를 잡은 동생인데, 자신이 감정을 주체하지 못해 모든 것을 망치고 싶지는 않았다.

– 다음으로는 블라인드 매치, 마지막 게임인 라이트 헤비급 경기가 있겠습니다.

존이 어느 정도 마음을 가라앉혔을 때, 마침 존의 동생인 마이크의 경기를 알리는 장내 아나운서의 목소리가 들렸다.

"시작하나 보다."

"으음."

와아!

웅성, 웅성!

장내 아나운서의 안내가 시작되고, 관중들은 환호했다.

오늘 열리는 WFC 컴뱃 아레나의 블라인드 매치는 첫

경기부터 피가 튀는 혈전이었기 때문에, 관중들은 앞으로 펼쳐질 경기에 대한 흥분을 감추지 못하고 있었다.

비록 인기가 떨어지는 무명들의 시합이긴 하지만, 그들의 경기 내용은 역시 'WFC' 라는 이름에 걸맞게 파이팅이 넘쳐흘렀다.

이런 식으로 블라인드 매치에서 두각을 나타내다보면, TV로 중계가 되는 코메인이나, 메인이벤트에 출전할 수 있는 기회를 얻을 수도 있는 것이다.

그러니 그런 기회를 잡기 위해 블라인드 매치에 출전하는 선수들은 오히려 메인이나 코메인에 출전하는 선수들보다 더욱 파이팅 넘치는 혈전을 펼치고는 했다.

그래야 기회를 한 번이라도 더 잡고 유명해져 핏값으로 벌어들이는 파이트머니도 올라가기 때문이다.

— 블루 코너! 핏블짐 소속, 체중 98.5kg, WFC 전적 0, 아마 전적 3승 5패, 마이크 존스!

짝! 짝! 짝!

마이크의 소개가 있었지만 장내 격투기 팬들의 반응은 이전과는 다르게 조금 줄어들었다.

그도 그럴 것이, 격투기 팬들로서는 마이크의 이름을 들어본 적이 없기 때문이었다.

라이트 헤비급이 그리 인기 있는 체급도 아니고, 또 선수층이 두꺼운 편도 아니기에, 웬만한 격투기 팬이라면 라이트 헤비급에서 인기 있는 선수는 이름만 들어도 알 수 있다.

그렇지만 어느 누구도 마이크 존스의 이름을 알고 있지 못했다.

더욱이, 장내 아나운서가 소개한 마이크의 전적은 그리 썩 훌륭하지도 않았다.

우우우우!

조금 전까지만 해도 환호성이 가득하던 시합장에 간간이 야유가 섞이기 시작했다.

블라인드 매치는 무명이긴 해도 어느 정도 이름이 알려진 선수들로 경기를 진행한다.

하지만 방금 전 소개한 마이크는 어느 누구도 이름을 들어보지 못한 선수다.

때문에 단지 경기의 구색을 맞추기 위해 내보낸 선수가 아니냐는 이유에서 주최 측에 야유를 보내는 것이었다.

그렇지만 경기의 주최 측, WFC는 팬들의 야유에도 별로 신경을 쓰지 않았다.

어차피 지금의 경기는 무명들이 펼치는 블라인드 매치가

아닌가.

그저 본게임 전의 애피타이저일 뿐이다.

그렇지만 팬들의 야유를 받으며 옥타곤으로 나오는 마이크는 잔뜩 긴장한 상태였다.

야유가 자신을 향한 것이 아님에도, 공식 경기가 처음인 마이크로서는 그런 것이 제대로 인식되지 않을 정도로 굳어 있었다.

생애 처음으로 기회를 잡은 마이크는 이 기회를 놓치고 싶지 않았다.

"마이크! 마이크!"

긴장한 마이크의 귀에 누군가 자신의 이름을 부르는 소리가 들렸다.

희한하게 관중들의 야유 속에서도 자신을 부르는 목소리는 또렷했다.

옥타곤 안으로 들어가기 전에 마이크는 자신도 모르게 소리가 들린 곳으로 고개를 돌렸다.

'존!'

그곳에는 커다란 덩치의 존이 자리에서 일어나 손나팔을 만들어 자신의 이름을 부르고 있었다.

조금 전 대기실에서도 그렇지만, 응원해 주는 자신의 편이 있다는 것을 깨달은 마이크는 야유하는 관중들 속에서도 긴장감을 덜어낼 수 있었다.

"후우."

심호흡을 한 마이크는 마음을 다잡으며 옥타곤 안으로 들어갔다.

그리고 조금 뒤, 레드 코너의 상대가 호명이 되고 옥타곤 안으로 들어왔다.

이번 경기는 비록 방송으로 중계가 되는 경기는 아니었지만, 진행은 같았다.

그저 인지도가 없거나 별로이기에 중계가 되지 않는 것뿐이지, 블라인드 매치라고 해도 엄연히 세계 1위의 격투기 단체인 WFC가 주최하는 경기다.

거구의 두 사내는 좁은 옥타곤 안에서 서로를 노려보며, 심판의 지시가 떨어지길 기다렸다.

땡!

경기 시작을 알리는 공이 울리고, 마이크와 또 다른 선수가 심판의 수신호에 맞춰 천천히 접근을 시작했다.

이종 격투기 체급 중 두 번째로 무거운 라이트 헤비급이다 보니, 두 사람은 무척이나 신중하게 상대를 살폈다.

아무리 무명이지만, 마이크도 덩치가 있기에 상대는 함부로 들어오지 않았다.

중량급에서는 순간 방심해 한 방 맞기라도 하면, 그것으로 끝일 수 있기 때문이다.

우! 우!

두 사람이 빙빙 돌며 탐색전만 펼치자, 지루해진 관중석에서 야유가 쏟아지기 시작했다.

조금 전 야유와는 다르게 이번의 야유는 직접적으로 선수들을 향한 것이었기에, 옥타곤 안에서 경기를 하던 마이크나 그의 상대는 당황할 수밖에 없었다.

하지만 여기서 무턱대고 들어가는 것은 자살행위다.

프로는 언제 어디서나 냉정함을 유지할 수 있어야 한다.

비록 몇 달간 옥타곤과 멀어져 있었다고는 하지만, 이번 경기를 준비하면서 마이크가 수현에게서 많이 듣던 말이었다.

마이크는 이번 경기를 한 달 반 전에 통보 받았다.

사실 이런 통보는 말도 되지 않는 것이었지만, 마이크는 자신에게 들어온 기회를 놓치고 싶지 않았다. 이 때문에 무리하게 경기를 준비할 수밖에 없었다.

다행이라면 평소 체중이 그렇게 많이 나가는 편도 아닐뿐

더러, 존을 따라다니면서도 꾸준히 운동을 했다는 것.

거기에 수현이 약간의 도움을 주었다.

정신적인 면에서나 다른 부수적인 것도 있지만, 수현은 단기간에 마이크가 익힐 수 있는 필살기를 하나 가르쳐 주었다.

친구인 존의 부탁 때문이긴 했지만, 모든 운동이 그렇듯 단기간에 익힐 수 있는 기술은 거의 없다.

그래서 짧은 기간에 익힐 수 있을 뿐만 아니라, 일격필살이면서도 상대가 대응할 수 없는 기술이어야만 했다.

수현은 존의 부탁도 있지만 자신의 친구가 된 마이크의 시합에 정말로 뭔가 도움이 됐으면 하는 바람에서 깊은 고민을 했고, 그러다 태권도의 뒤차기를 전수하기로 결정했다.

사실, 태권도의 뒤차기는 의외로 간단하다.

다만 타깃을 보면서 하는 발차기가 아니기 때문에, 정확하게 타깃을 맞추는 것이 힘들다.

그래도 일단 맞출 수만 있다면, 뒤차기만큼 위력적인 발차기는 없다.

뒤차기는 말이 발길질을 하는 모양과 흡사하고, 발뒤꿈치로 상대를 가격하는 것이다.

그래서 여타의 발차기보다 직선적이며, 간결하여 빠르고, 더욱 위력이 막강하다.

아무리 단련된 운동선수라도, 뒤차기에 가격을 당하면 한동안 움직이지 못할 정도로 위력적인 발차기인 것이다.

그렇기에 수현은 태권도 마스터로서 정확한 뒤차기를 마이크에게 전수했다.

시합 전까지 매일 한 시간 이상 뒤차기 연습을 시켰다.

그 덕분인지 마이크는 시합이 시작된 지 얼마 되지 않아 수현에게서 전수받은 뒤차기를 사용할 기회를 잡았다.

하도 연습을 많이 하다 보니 상대의 빈틈을 바로 포착한 것이다.

공방은 너무도 순식간에 이루어졌다.

서로 탐색전만 하는 것에 지루해진 관중들이 야유를 보내자, 상대는 이를 참지 못하고 마이크를 향해 가드를 풀고 접근했다.

마이크의 상대는 입식 타격보다는 레슬링이나 주짓수와 같은 그라운드 기술을 중심으로 수련한 듯, 상체를 잡기 위해 두 팔을 벌리며 다가왔다.

이에 마이크가 넓은 표적이나 다름없는 상대를 향해 수현에게서 배운 태권도의 뒤차기를 날린 것이다.

퍽!

"억!"

쿵!

너무도 정직하게 들어오던 상대는 급소인 명치에 마이크의 숙련된 뒤차기를 맞고 말았다.

그 때문에 제자리에서 공중에 잠깐 떴다가, 옥타곤 바닥에 쓰러졌다.

시합을 주관하던 심판은 급하게 마이크를 그의 코너인 블루 코너에 가도록 지시를 내리고는 바로 양손을 엇갈리며 경기 중지를 선언했다.

심판이 보기에는 더 이상 경기를 지속할 여지가 없었기 때문이었다.

마이크의 뒤차기를 맞고 눈동자가 돌아가 버린 상대 선수는, 누가 보더라도 더 이상 시합을 재개할 수 없는 상태였다.

너무도 순식간에 끝난 경기에, 조금 전까지 지루하다고 야유를 보내던 관객들은 어안이 벙벙했다.

시합이 시작되고 40여 초간이나 주먹 한 번 내밀지 않고 서로 탐색전만 벌이는 것에 화가 나서 야유를 쏟아냈는데, 야유한 지 불과 10초도 되지 않아 경기가 끝나 버린 것이다.

그것도 중량급에서는 좀처럼 나오기 힘든, 발차기로 인한 초살이 나와 버렸다.

초살이란, 시합이 시작된 지 1분도 지나기 전에 단 한 방으로 상대를 다운시키는 것을 말한다.

그런데 프로 전적이 하나도 없는 뉴비가, 비록 인지도는 떨어지지만 프로 전적도 있는 선수를 한 방에 보내 버린 것이다.

잠깐의 정적이 흐른 뒤…….

와아, 와아!

휘익, 휙!

생각지도 못한 시합에서 초살이 나오자, 언제 야유를 보냈냐는 듯 관중들은 환호했고 일부는 흥에 겨워 휘파람까지 불어댔다.

땡! 땡! 땡! 땡!

심판의 선언이 있기가 무섭게 경기 종료를 알리는 종이 울리자, 마이크는 순간 감정이 격해졌다.

"존, 내가 이겼다! 수현, 고마워! 네가 가르쳐 준 발차기, 정말 고마워!"

장내 아나운서가 마이크를 가지고 옥타곤 안으로 들어오

는 그 짧은 시간도 아까운지, 마이크는 자신의 형인 존과 수현이 있던 VIP 좌석이 보이는 곳으로 달려가 소리쳤다.

마지막 기회라 생각했기에, 정말로 경기 통보가 들어온 한 달 보름 전부터 죽어라 연습만 했다.

그럼에도 준비가 부족한 것만 같아 불안했다.

그런데 이겼다. 그냥 어찌어찌 판정으로 이긴 것도 아니고, 일격필살 KO로 승리를 따냈다.

이종 격투기 팬들은 승리자를 좋아한다.

그리고 더욱 좋아하는 것은, 화끈하게 파이팅을 하여 따낸 승리다.

이것은 인간이 가지고 있는 원초적 폭력성에서 기인하는 순수한 광기다.

고대에도 이런 폭력성을 즐기는 스포츠가 있었다.

그 때는 지금처럼 신사적이지도 않았고, 직접적으로 피를 흘리며 상대의 목숨을 빼앗기도 했다.

바로 로마 콜로세움에서 벌어지던 검투가 그것이다.

하지만 유구한 세월이 흐르고 문명과 이성이 발전하면서, 인간은 원초적인 폭력성을 충족하면서도 야만적이지 않은 스포츠를 만들어내기에 이르렀다.

그것이 바로, 격기 스포츠다.

그중에는 고대의 원형을 살린 복싱도 있고, 방금 전 마이크가 한 것처럼 여러 격투 종목이 겨루는 이종 격투기도 있다.

지금 이곳, 라스베이거스 컴벳 아레나에 운집한 격투기 팬들은 방금 전 끝난 블라인드 매치에서 피 흘리는 선수들을 보며 이미 광기에 들어섰다.

그들은 자신들의 흥을 충족시켜주지 못하던 마이크와 상대 선수를 보며 야유를 쏟아내기도 했다. 하지만 곧 마이크의 초살로 흥이 최고조에 올랐다.

이는 WFC가 기획한 대로 일이 진행되고 있다는 이야기나 마찬가지였다.

마이크의 시합을 끝으로 블라인드 매치는 모두 끝이 났지만, 이곳 컴벳 아레나의 열기는 더욱 고조되었다.

그리고 뒤이어 치러진 플라이급과 페더급, 라이트급의 코메인 이벤트와 미들급 타이틀 매치인 메인이벤트까지도 그 열기는 계속되었다.

그렇지만 모든 WFC의 시합이 끝나고 인터넷 검색어의 메인을 차지한 것은 WFC 코메인 이벤트에서 누가 승리를 하고 타이틀 매치 권한을 획득했느냐나, 미들급 타이틀을 누가 차지했는가 하는 것이 아니었다.

그렇다고 무명의 마이크가 발차기 한 방으로 초살을 이룩했다는 것 또한 아니었다.

그것은 바로, 톱스타 저스트 비버의 인종차별이란 키워드였다.

톱스타 저스트 비버가 WFC 컴벳 아레나의 시합장에서 다른 아티스트인 존 존스에게 행한 인종차별 발언은 인터넷과 TV언론을 모두 도배했다.

처음 시작은 아주 미미했다. 성황리에 끝난 WFC의 컴벳 아레나를 질투한 타 단체에서 퍼뜨린 루머라고 생각해 사람들은 관심을 두지 않았다.

하지만 뒤늦게 그곳에 있었다며 증언하는 사람들이 하나 둘씩 뉴스에 나오기 시작하자, 사람들은 더 이상 루머라고 무시할 수 없었다.

더욱이 그곳에는 인종차별을 당한 존 존스만 있었던 것이 아니라 현재 미국인의 사랑을 받고 있는 히어로인 정수현도 함께 있었고, 정수현 또한 저스트에게서 인종차별을 당했다고 전해졌다.

그리고 그런 증언에 신빙성을 더해준 것은, 시합이 있던 날 컴벳 아레나에서 존 존스와 정수현, 정수현과 연인 관계로 발전한 셀레나 로페즈가 시합을 구경하는 모습이 카메라에 잡혔기 때문이었다.

또한 문제의 저스트 비버가 시합이 있던 날에 자신의 일본인 친구와 함께 WFC 컴벳 아레나에 간다고 SNS로 떠들었던 것과 본 시합이 시작되기 전에 저스트 비버가 선수 대기실로 누군가를 응원한다며 나갔다가 돌아오지 않았다는 증언도 첨부되면서, 선수 대기실 복도에서 있었던 저스트의 인종차별 발언에 신빙성을 더욱 높여주었다.

그리고 결국 파파라치들의 집요한 추적 끝에, 그날의 진실이 불과 몇 시간 만에 전파를 타고 모두 까발려지게 된 것이다.

이로 인해 다른 사건사고보다 우선적으로 톱스타 저스트의 인종차별 발언과 대기실 복도에서 존 존스, 정수현과 얽힌 트러블이 인터넷이나 TV의 주요 뉴스를 차지하게 되었다.

* * *

와장창!

넓은 실내가 호화로운 장식들로 채워졌던 고급 저택의 거실은 지금, 요란한 소음과 함께 거칠게 박살이 난 물건들로

흉하게 어질러졌다.

"으아아악!"

저스트 비버는 제 분을 이기지 못해 괴성을 질렀고, 손에 잡히는 물건을 마구 던지며 난동을 부렸다.

하지만 어느 누구도 그런 저스트 비버를 말리지 않았다.

아니, 눈에서 광기를 흘리는 저스트를 두려워하며 접근조차 하지 못하고 있었다.

퍽! 챙! 와장창!

저스트의 난동은 물건을 던지는 것에서 끝나지 않았다.

이번에는 골프채를 들고 휘두르며 거치적거리는 모든 것을 부셔 버렸다.

"하아, 하아."

한참이나 그렇게 모든 것을 난폭하게 파괴하던 저스트는 들고 있던 골프채를 던져 버리고는 숨을 몰아쉬었다.

"이제 괜찮아진 거야, 저스트?"

저스트 비버가 난동을 부릴 때, 한쪽에 조용히 머물러 있던 로렌스 하트가 차분한 어조로 그를 불렀다.

"언제 왔어?"

저스트는 매니저인 로렌스 하트의 질문은 무시하고, 자신이 하고 싶은 말만 내뱉었다.

그런 저스트의 질문에 로렌스는 별로 신경도 쓰지 않고 대답을 했다.

"네가 저 1,200달러짜리 화병을 집어 던져서 11만 5천 달러짜리 그림에 흠집을 낼 때부터."

마치 무생물인 것마냥 로렌스는 저스트의 질문에 무미건조하게 대답을 했다.

저스트는 살짝 미간을 찌푸렸다.

언제부터인지 저스트는 자신의 매니저인 로렌스가 부담스러워졌다.

또한 저렇게 자신의 잘못에 어떠한 감정도 표하지 않고 마치 책이나 그림을 보듯 아무런 감흥 없이 대답을 하는 것에도 화가 나기 시작했다.

비록 자신을 스타로 이끌어준 사람 중 한 명으로서 은인과도 같은 사람이지만, 저스트는 그가 껄끄러웠다.

하지만 계약 관계로 묶여 있기 때문에 자신에게는 그를 해고할 권한이 없다.

원칙대로라면 자신이 매니저인 로렌스의 고용주가 되고, 그가 자신의 고용인이 되어야 한다.

그렇지만 현실은 그렇지 못했다.

자신이 돈을 더 벌기는 하지만, 매니저인 그가 자신보다 더 우위에 있는 것이다.

솔직히 스타가 되고 나서는 그를 해고시키고 새로 자신의 말을 잘 듣는 매니저를 고용하고 싶었다.

하지만 그 시도는 성공하지 못했다.

아니, 할 수는 있지만 그렇게 했다가는 자신이 그동안 벌어온 재산의 2/3를 그에게 위약금으로 내줘야 하기 때문에 포기해야만 했다.

그런데 웃긴 것은, 매니저를 그만두고 싶어한 것은 로렌스 또한 마찬가지였다.

그렇지만 로렌스도 결국, 자신의 매니저 일을 그만두지 못했다.

저스트만큼 황금알을 낳는 아티스트가 그리 많지 않았기 때문이다.

아니, 그만큼 수익을 내는 아티스트는 여럿 있었다.

하지만 자신이 그와 맺은 계약만큼 매니저에게 유리한 계약을 한 경우는 없다.

이는 아무것도 모르던 시기에 맺은 계약 때문에 그리 된 것이지, 만약 지금만큼 계약에 대해 잘 알게 된 뒤였다면 절대 그런 불공정한 계약은 하지 않았을 것이다.

아무튼, 마음껏 때려 부수고 나니 저스트는 어느 정도 기분이 풀렸다.

"어느 정도는……."

"그래? 이거 미안한데… 지금부터 내가 하는 이야기를 듣고 나면 이 집에 불을 질러 버릴지도 모르겠군."

"뭐? 그게 무슨 소리야?"

저스트는 매니저인 로렌스의 말이 잘 이해가 되지 않았다.

자신이 사고를 친 뒤 화를 내며 물건들을 부순 다음, 어느 정도 시간이 지나면 또다시 어김없이 아무 일도 없었다는 듯 다음 스케줄을 짜던 로렌스였다.

그런데 오늘, 아니 지금 로렌스가 보이는 반응은 뭔가 이상했다.

마치 때를 기다렸다는 듯, 뭔가를 터뜨리려는 것 같았기 때문이다.

"뭐야! 무슨 일인데 그래?"

뭔가 불길한 예감에 다급하게 따져 물었다.

"뭐 별거 아냐. 다만, 네가 이번에 친 사고를 접한 후원사와 광고주들이 너와의 계약을 파기하기로 했어."

"뭐?"

저스트는 매니저 로렌스의 이야기에 표정이 굳어버렸다.

후원사와 광고주가 자신과의 계약을 파기하기로 했다니?

후원사가 없으면 공연을 할 수가 없다.

그리고 광고주가 계약을 파기한다면 그 수익금은? 일방적인 계약 파기니 위약금은 받을 수 있는 건가?

여러 가지 생각들이 저스트의 머릿속을 헤집었다.

"물론 계약 파기에 대한 손해배상은 전적으로 네 책임이고."

"뭐? 그건 또 무슨 개소리야? 계약을 파기했으면, 당연히 그들이 내게 손해배상을 해야지!"

저스트는 황당한 표정으로 소리를 쳤다.

계약 파기를 당한 건 자신인데, 어째서 손해배상까지 해야 한다는 말인가. 이는 엄연한 부당 행위다.

하지만 곧이어 들려온 로렌스의 말에 순간 굳어버렸다.

"내가 조심하라고 했지!"

지금까지 아무런 감정도 실리지 않았던 말투와는 다르게, 로렌스의 목소리에는 진한 분노가 가득 담겨 있었다.

곧바로 폭발할 활화산 같은 감정이 여실히 드러났다.

"뭐, 니그로? 내가 언제나 강조했지! 이 세계에서는 언제, 어떻게 될지 모르니 말조심하라고. 아무리 화가 나는 일이 있더라도, 냉철하게 생각하고 말을 하라고!"

로렌스는 마치 쌓인 불만을 모두 쏟아내듯, 저스트를 향해 그의 잘못을 하나에서 열까지 모두 까발렸다.

그동안 자신이 처리했던 저스트의 사고들이나 대중적으로는 알려지지 않은 그의 잘못 등을 마치 래퍼가 랩을 하듯 순식간에 뱉어냈다.

그런 로렌스의 이야기를 들은 저스트는 순간 할 말을 잃었다.

자신이 그렇게나 많은 잘못과 사고를 치고 다녔는지는 몰랐기 때문이다.

로렌스는 유능한 매니저다.

자신이 16살일 때 처음 그를 만나 매니저로 계약을 하고, 연예계에 데뷔를 했다.

그 후에 그의 도움으로 유명 프로듀서인 닥터 디레와 작업을 하고 일약 스타가 되었다.

광고와 후원사 섭외도 잘해서 한 해에 천만 달러가 넘는 수익을 올리게 해주었다.

물론 자신이 버는 만큼 그 또한 자신에게서 받아 갔기에, 그런 것에서는 고맙다거나 그런 마음은 없다.

어차피 그 또한 자신이 벌어들이는 수익에서 본인의 수익을 내는 것이니 당연한 것이라 생각했다.

다만, 자신이 그동안 그렇게나 많은 사고를 쳤고, 그것을 무마하기 위해 그가 어떤 일을 했었는지를 듣게 되자 미안한 마음이 들었다.

"하지만 이제 끝이야!"

"뭐?"

"모두 네 잘못이야, 누굴 탓하지는 마! 분명, 내가 말했지."

로렌스는 저스트의 두 눈을 똑바로 쳐다보며 말했다.

"모두 네가 자초한 일이야. 넌 그동안 네가 누구에게서 도움을 받았고, 또 어떤 사람들에게서 지금의 것들을 얻게 되었는지를 잊었어. 그 순간, 네가 그동안 이룩한 것들은 모두 신기루가 되어 사라지게 되는 거야."

마치 판사가 선고를 하듯, 로렌스는 저스트 비버를 보며 말했다.

'헉!'

로렌스의 말이 너무도 단호했기 때문인지, 조금 전까지 제 분을 못 이겨 광분하던 저스트는 순간 겁이 났다.

'뭐야, 어떻게 된 거야!'

저스트가 자신의 말에 겁먹은 표정을 짓고 있었지만, 로렌스는 그런 것에 연연하지 않고 자신의 이야기를 이어 나갔다.

"나도 더 이상은 힘들다. 그래서 이제는, 네가 치는 사고들 수습하는 짓은 포기하겠어. 이만… 네 매니저 일에서 손을 떼고 싶다."

"아니, 어떻게 그럴 수 있어. 회사에서 가만있을 것 같아!"

저스트는 로렌스가 자신의 매니저 일을 그만두겠다는 말에 놀라 소리쳤다.

하지만 들려온 대답은 자신의 예상을 뛰어넘는 것이었다.

"이미 회사에서도, 너와의 계약을 포기했어!"

"뭐?"

매니지먼트에서 톱스타인 자신을 포기했다는 말에 저스트는 충격을 받았다.

로렌스가 소속된 매니지먼트와 자신과의 계약기간은 아직 2년이나 더 남아 있다.

막말로, 로렌스가 마음에 들지 않아도 2년간은 더 매니저로서 써야만 했다.

그러지 않고 먼저 로렌스를 해고했다가는, 자신이 천문학적인 위약금을 로렌스에게 물어줘야만 한다.

그래서 지금까지 그에 대한 불만이 있어도 참고 있었다.

그런데 그가 먼저 매니저 일을 그만두겠다 하고, 또 그의 회사에서 이를 수락했다는 말에 저스트는 순간 자신의 처지를 깨달았다.

매니지먼트 회사는 절대 돈이 되는 스타와의 계약을 중도에 해지하지 않는다.

만약 중도에 해지를 하게 되면, 그 손해가 막대하기 때문이다.

그런데도 계약을 포기했다는 말은 그만한 사정이 있다는 소리다.

그리고 지금 그 말은 자신이 회사가 보기에 돈이 되지 않는다는 판단을 했다는 소리였기에, 저스트도 사태의 심각성을 깨닫지 않을 수 없었다.

"내가 여기까지 어떻게 올라왔는데, 어떻게 그럴 수 있어!"

"아직도 깨닫지 못했냐?"

"뭐! 내가 뭘 잘못했다는 거지?"

로렌스는 아직도 자신이 어떤 잘못을 했는지 깨닫지 못한 채 도리어 반문하는 저스트를 보며 한숨을 쉬었다.

"하아……."

자신이 캐나다에서 발굴한 재능 넘치고 순수하던 아이는,

어느새 연예계의 더러운 물이 들어버렸다.

아니, 거기까지 만이었다면 자신이 나서서 케어를 해주면 되는 문제였다.

하지만 너무 이른 성공이 문제였는지, 저스트는 톱스타 2세들보다 더 심하게 망가져버렸다.

연예계에는 망나니들이 참으로 많다.

10대 때부터 술과 마약에 빠져 사는 것은 물론이고, 풍족한 환경에 취해서 자신과 비슷한 부류 빼고는 같은 인간으로도 보지 않는 이들도 많은데, 바로 저스트도 그런 쓰레기가 되어버렸다.

로렌스는 그것이 모두 자신의 잘못인 것 같아 저스트를 볼 때마다 그의 행동을 제지했다.

하지만 어디서부터 잘못된 것인지는 알 수 없었다.

말 잘 듣던 착한 아이는 온데간데없고, 자신만 아는 이기적인 괴물만 남아 있었다.

그리고 그 결말은 마치 영화의 그것처럼, 비참하게 끝났다.

후원사들로부터 들어오던 후원금은 사라질 것이고, 계약 파기에 대한 원인 제공으로 천문학적인 소송이 걸릴 것이 뻔했다.

아마 그렇게 되면, 아무리 많은 저스트의 재산이라도 순식간에 거덜 나고 말 것이다.

"난 이만 간다. 마지막으로 조언 하나 할게. 앞으로는 매니저가 아니라 유능한 변호사를 구해야 할 거야."

"뭐, 뭐라고?"

자신의 말뜻을 이해하지 못하는 저스트를 보며, 로렌스 하트는 그렇게 마지막 말을 남기고 그의 곁을 떠났다.

Chapter 2

저스트의 소식

콘서트가 끝났다.

무대의 조명은 꺼지고, 조금 전까지 환호를 보내던 팬들도 오늘의 콘서트로 인한 흥분을 안고 집으로 돌아가고 있었다.

웅성! 웅성!

"수고하셨습니다."

"수고했어!"

"수고하셨습니다."

"너, 마지막에 원래 이렇게 해야 하는데 이 부분에서 이렇게 마무리하더라!"

로열 가드의 전미 투어가 시작된 지도 벌써 한 달여가 지나가고 있다.

처음 시작은 LA였다. 로열 가드의 전미 투어 협력사나 킹덤 엔터, 그리고 로열 가드 멤버들은 회의를 통해 로열 가드의 전미 투어 일정을 구성했는데, 처음에는 LA와 뉴욕을 두고 많은 토론을 했다.

그도 그럴 것이, LA에는 한국인이나 아시아인들이 많이 살고 있고, 또 로열 가드의 팬들이 많이 분포되어 있었다.

음반 판매량만 봐도 다른 도시에 비해 LA의 판매량이 2배 이상 높았다.

그리고 다음 순위로 뉴욕이 언급된 것은 다름 아닌 수현 때문이었다.

수현이 출연하고 있는 울프 TV의 드라마 '시티 오브 가더'는 현재 인기 드라마 중 하나다.

그런데 드라마의 배경이 되는 도시가 뉴욕이다 보니, 뉴욕에서 수현을 알아보는 사람도 많고 인기가 현재 최고조에 달해 있었다.

그래서 미국의 협력업체 관계자들은 LA보단 뉴욕을 적

극 추천했다.

그렇지만 긴 회의 끝에 로열 가드의 전미 투어 시작을 알리는 첫 콘서트 장소로는 LA로 정해졌다.

이번 콘서트가 수현의 단독 콘서트가 아닌, 로열 가드의 콘서트였기 때문이다.

그러니 수현으로 인해 로열 가드의 이름이 알려진 뉴욕에서 첫 콘서트를 하는 것보다는, 한국인들이 많고 로열 가드에게 익숙한 LA를 출발점으로 하는 것이 좋겠다는 의견이 많아 그렇게 정한 것이다.

실제로 다른 멤버들도 대체로 뉴욕보다는 LA를 선호했기에, 성공적인 투어를 위해 킹덤 엔터의 간부들이나 협력업체 관계자들도 공연을 함께할 로열 가드 멤버들의 의견을 적극 수렴해 주었다.

그리고 실제로도 LA공연은 대성공으로 끝났다.

로열 가드의 콘서트는 NBA의 LA 레이커스가 홈 경기장으로 사용하는 스테이플스 센터에서 이뤄졌는데, 스테이플스 센터는 최대 수용 인원이 2만 명에 이르는 규모가 큰 실내 체육관이다.

그런데 2만 석이나 되는 좌석 티켓이 발매한 지 10분도 되기 전에 매진이 되어버렸다.

사실 로열 가드의 전미 투어 일정이 로열 가드의 공식 팬카페에 오르자마자 LA공연은 물론이고, 샌디에이고와 샌프란시스코 등 로열 가드의 순회공연 좌석들이 점차 매진되더니, 공지가 올라간 지 불과 한 시간 만에 로열 가드의 모든 공연 티켓이 팔려버렸다.

그런데 말이 한 시간이지, 티켓 발매를 시작하고 10분 만에 접속과다로 인해 서버가 다운되어 20분간 접속이 안 되는 사건이 있었다. 아마 정상적으로 판매만 되었다면 30분 정도밖에 걸리지 않았을 것이다.

이는 로열 가드의 공연 티켓을 판매 대행하는 업체가 예상 수요를 잘못 계산하는 바람에 생긴 문제였다.

첫 콘서트를 여는 로열 가드의 인지도가 이렇게 높을 줄은 상상도 하지 못했기 때문에 준비가 부족했던 것이다.

업체에서는 한꺼번에 몰린 티켓 구매자로 인해 서버가 감당하지 못하고 다운되자, 부랴부랴 예비 서버를 가동시키며 서버가 다운된 지 20분 만에 판매를 재개했다.

킹덤 엔터와 공연 협력업체는 로열 가드의 전미 투어 티켓을 100만 장에 가까운 98만 장을 준비했다. 이 티켓 숫자는 순회하게 될 20개 도시의 공연 장소가 수용할 수 있는 최대 수용인원에 맞춰 준비한 것이었다.

상식적으로 본다면 그보다 적게 팔려 나가는 것이 정상이다.

좌석 중에는 공연을 관람하기 불편한 좌석도 있어서 그런 것인데, 로열 가드의 투어 티켓은 그런 것도 없이 한 시간 만에 매진되어 도리어 티켓 판매 대행업체를 당황하게 만들었다.

사실 이것은 킹덤 엔터에서도 예상하지 못한 결과였다.

수현이 미국에서 영웅적인 행동으로 인지도가 높다는 것은 알고 있었고, 출연한 드라마가 대박이 터지면서 인기 상승인 것도 알고 있었다.

하지만 수현이 포함되어 있다고는 해도 로열 가드의 인지도가 이렇게 높을 줄은 상상도 하지 못했다.

이곳이 미국이 아닌 아시아였다면 킹덤 엔터도 이 정도는 충분히 예상을 했겠지만, 이곳은 미국이다.

한국의 K—POP이 세계적으로 알려지긴 했지만, 그렇다고 대중적인 인기를 얻은 것은 아니다.

그저 젊은 층에서 인기가 높아지고 있는 추세지 미국이나 유럽에서 대중적인 음악인 록이나 힙합과 같은 인기가 있는 것은 아니라고 판단했는데, 그 예상이 빗나갔다.

로열 가드의 인기는 이미 외국의 톱 밴드나 인기 스타 못지않은 위치에 있었다.

이건 모두 수현과 존의 활약 때문이었다.

그리고 수현과 인연을 맺은 많은 사람들의 도움 때문에 그리 된 것이다.

수현에게서 곡을 받은 존은 자신의 투어 중간 중간에 자신의 타이틀 곡인 프리덤의 작곡가가 누구이며, 그와 자신이 어떤 관계인지를 떠들고 다녔다.

당시에 수현은 LA동물원에서 소년을 구한 일로 사람들에게 영웅으로 알려져 있었는데, 유명 래퍼에게 곡을 써줄 정도로 능력 있는 사람이며, 다재다능한 예술가라는 사실까지 알려지면서 사람들의 호감을 샀다.

뿐만 아니라 수현은 인생 게임, 스타 라이프의 영향으로 신체의 균형은 물론이고 외모 또한 뛰어났다.

이왕이면 다홍치마라고 했던가. 영웅적인 행동을 한 잘생긴 사람, 그것도 신비한 동양에서 온 외국인이다.

그런데 말도 통하고 친절할 뿐만 아니라 보는 것만으로도 긍정적인 영향을 주는 사람이다 보니, 미국인들도 관심을 가지지 않으려야 가지지 않을 수가 없었다.

이러한 것들이 복합적으로 작용해 그 수혜가 로열 가드에까지 옮겨오게 된 것이다.

LA 공연이 시작되고, 만원이 된 관중으로 인해 혼잡할 것 같았지만, 로열 가드의 콘서트 투어는 순풍에 돛을 단 배와 같이 아무런 사고 없이 진행되었다.

로열 가드의 기존 팬들은 현장 진행 요원과 함께 사고 없는 투어가 되기를 기원하며 자원봉사에까지 나섰다.

이에 킹덤 엔터에서는 자원봉사를 하는 로열 가드의 팬들에게 소정의 보상을 해주었는데, 이 소식이 전해지자 로열 가드의 팬카페는 난리가 났다.

그도 그럴 것이, 처음에는 공연이 끝난 뒤에 쓰레기로 어지러운 공연장을 청소하던 용역 직원들과 함께 몇몇 팬이 공연장의 쓰레기를 주워 쓰레기통에 넣는 훈훈한 행동에 불과했던 일이었는데…….

그 행동이 로열 가드에게 알려지면서 수현을 비롯한 로열 가드 멤버들은 공연이 끝나고 배가 고파 늦은 저녁을 먹으러 가려던 계획을 미루고, 공연장으로 나가 청소를 함께 했다.

그리고는 그 팬들과 함께 사진도 찍고 늦은 저녁도 함께 했는데, 이것이 팬카페와 SNS에 올라간 것이다.

작은 선행에 대한 뜻밖의 행운 정도였는데, 소식이 전해지기 무섭게 다음 공연부터는 팬들이 나서서 공연 전 질서도 잡고, 쓰레기를 무단 투기하는 행위도 금지했다.

그러다 보니, 로열 가드의 공연은 클린, 깨끗한 콘서트란 명칭이 붙을 정도로 소문난 공연이 되었다.

그 때문에 청소 용역업체는 뜻하지 않은 행운을 맞았다.

스타의 공연이 있은 뒤의 행사장은 온통 쓰레기 천지다.

그것을 치우기 위해서는 몇 시간이나 중노동을 해야만 한다.

청소가 뭐가 그리 어렵냐고 할 사람도 있겠지만, 사실 무거운 것을 나르는 것보다 단순 작업을 반복하는 것이 더 힘이 든다.

더욱이, 공연장은 특성상 그리 편한 지형이 아니다.

좁은 좌석과 좌석 틈에 버려진 쓰레기를 찾아내고, 쌓인 쓰레기를 공연장 밖으로 빼내는 것은 무척이나 힘이 드는 일이다.

그렇다고 그 일이 돈이 많이 되는 일인가 하면 또 그렇지도 않다.

어느 나라든 단순한 노동을 하는 직업은 박봉일 수밖에 없다.

그런데 로열 가드의 공연장은 공연 후나 공연하기 전이나 그리 다르지 않았다.

그저 사람들이 왔다간 흔적만 있을 뿐이지, 쓰레기는 간혹 한두 개 정도로 적었다.

그리고 이런 소식이 퍼질수록 그 다음 로열 가드의 공연장 상태는 더욱 깨끗해졌다.

이는 다른 지역에 있는 로열 가드의 팬과 비교되는 것이 싫었던 그 지역 팬들이 자신이 가져간 쓰레기는 자신이 치운다는 의식을 가지면서 그렇게 됐다.

그렇다고 처음에 쓰레기를 줍고 로열 가드와 함께 저녁도 먹은 팬들처럼 그런 행운을 가진 사람은 없었다. 하지만 그래도 팬들은 쓰레기를 줍는 것과 안전한 공연이 될 수 있게 질서를 유지하는 것을 멈추지 않았다.

그런 팬들의 노력에 보답이라도 하듯, 킹덤 엔터에서도 공연장을 찾은 팬들에게 추첨을 통해 로열 가드와 관련된 굿즈나 브로마이드를 선물로 주었다.

*　　*　　*

"헤이! 브라더!"

수현은 공연을 마치고 동생들과 이야기를 나누고 있는데 누군가 자신을 부르는 소리를 들었다. 고개를 돌리니 그곳에 존과 마이크가 있는 것이 보였다.

"어? 여긴 어떻게 온 거야?"

수현은 이곳에서 생각지도 못한 존과 마이크의 모습을 보자 놀라는 표정을 지었다.

"지금쯤이면 영국에 있어야 하지 않아?"

지금이라면 존 존스는 유럽 투어를 하고 있어야 할 시기다.

그런데 이곳 마이애미에 있는 것이 신기해 물었다.

"응, 사정 때문에 공연이 지연돼서 시간이 남더라고. 이런 때 브라더를 응원해야지 언제 하겠어?"

존은 별거 아니란 투로 말을 했지만, 존의 이야기를 들은 수현은 그렇지 않았다.

그동안 존이 유럽 투어를 위해 얼마나 준비를 했는지 잘 알고 있기 때문이다.

더욱이, 자신들의 미국 투어처럼 존도 처음으로 유럽 투어를 하는 것이었다.

미국에서 K—POP이 그리 많은 대중적 인기를 얻는 장르가 아닌 것처럼, 유럽에서 힙합은 그리 선호되는 장르가 아니다.

그러다 보니 자신들이나 존은 비슷한 입장에서 자신을 알리기 위해 투어를 하고 있었다.

그런데 존의 투어 일정이 어그러진 것이다.

"괜찮아?"

수현은 시작부터 꼬인 존을 걱정하며 물었다.

"괜찮아! 액땜했다고 생각하지 뭐."

"뭐? 그런 말은 어디서 배웠어, 존!"

친구인 존 존스의 한국적인 비유에 수현은 놀라며 물었다.

"하하, 널 알게 되면서 내 일이 너무나 잘 풀리는 것 같아. 그래서 너와 좀 더 친해지기 위해 한국에 대해 공부를 좀 했지. 그런데 재미있는 말이나 표현들이 많더라고!"

존 존스는 별거 아니란 듯 수현의 질문에 답을 했다.

"와, 존 형! 이제 한국 사람 다 됐네!"

미국에서는 친하게 되면 나이를 떠나 모두 친구가 된다.

하지만 로열 가드 멤버들은 존과 친해졌어도 함부로 말을 놓지 않았다.

존은 자신들이 존경하는 리더, 수현의 친구였기 때문이다.

괜히 이곳이 미국이라고 미국식으로 존에게 반말을 한다면, 수현을 대할 때도 실수를 할 것 같아 조심을 하게 된 것이다.

그러다 보니 자연스럽게 존을 대할 때도 한국식으로 형 대접을 하게 되었다.

사실 존은 로열 가드 멤버들의 이러한 반응에 금방 적응하지는 못했다.

얼마 지나지 않아 그 이유를 듣게 되고 이해를 하게 되면서, 존은 한국 문화에 대해 조금 더 공부를 하게 되었다.

그리고 이런 한국 문화를 가지고 친동생인 마이크와 함께 장난을 치기도 했다.

사실 미국은 다른 사람과도 그렇지만 형제간에도 한국이나 아시아 국가처럼 위아래로 서열을 매기지는 않는다.

형제라도 편한 친구처럼 서로의 이름을 부르며 지낸다.

그런데 수현을 알게 되고 동양의 문화에 대해 알게 되면서, 존이나 마이크는 신선한 재미를 느끼게 되었다.

또 비록 서열을 나누기는 하지만, 그것이 무조건적인 명령을 주고받는 수직적 관계가 아니라 서로 예의를 지키면서 서로를 존중하는 마음이 담긴 것이란 것도 알게 되었다.

물론, 생소한 문화 차이로 인해 겪는 해프닝은 일상에 소소한 재미를 주었다.

존이 한국 문화에 재미를 느끼는 부분은, 형이 동생에게 심부름을 시키는 게 너무 자연스럽다는 것이었다.

존은 동생 마이크를 보며 아주 사소한 것을 시켜먹으려고 했다.

물론 마이크의 기분이 어떠냐에 따라 반응이 달랐지만, 존은 그런 것은 상관이 없었다.

그리고 마이크 또한 존처럼 한국의 문화 중 윗사람이 아랫사람을 챙기는 문화에 관심이 많았다.

특히 대학에서 선배가 후배의 점심을 책임진다는 말을 들었을 때, 딱 꽂혔다.

처음 로열 가드와 친해지면서 윤호에게 그런 이야기를 들었을 때는 사실 믿기지 않았다.

미국에서는 친구끼리 함께 어울려 마시고 놀아도 더치페이(Dutch Pay)다.

이는 무조건적인 것으로, 자신이 먹은 것은 자신이 계산을 해야 한다는 주의다.

하지만 예외적인 것이 있는데 그것은 바로 자신이 사겠다고 했을 때뿐이고, 함께 밥을 먹으러 간다거나 커피를 마시러 갈 때는 본인이 먹는 것은 본인이 돈을 내야 한다.

그런데 한국에서는 먼저 말한 사람이 모두 계산을 한다는 것과 계산은 윗사람이 한다는 말을 들은 이후, 마이크는 종종 존에게 그것을 써서 밥을 얻어먹었다.

두 사람에게 이런 한국 문화는 서로에 대한 유대감을 높이는 장난이 되었다.

평소에 자주 쓰진 않지만, 가끔 한국 문화를 가지고 서로에게 장난을 친다.

그러면 무리한 요구가 아닌 한에는 대체적으로 들어줬다.

"응, 난 한국 사람이야! 앞으로 날 흐켱이라 불러!"

한국 문화에 대해 공부를 하게 된 존은 의기양양하게 자신을 한국 사람이라고 하면서, 한국말로 흑형이라고 부르라는 말을 했다.

하지만 그 말을 들은 수현이나 로열 가드 멤버들은 한순간 얼음이 되고 말았다.

이곳 미국에서 설마 저 단어를 들을 줄은 상상도 못했기 때문이다.

한국 사람들이 흑인들에게 흑형이라 부르는 것은 참으로 많은 의미가 담겨 있다.

어떤 측면에서는 흑인들을 비하하는 말일 수도 있고, 또 어떤 측면에서는 놀라워하는 표현이기도 했다.

물론 그것은 흑인들의 육체적 우수성과 문화적으로 낙후된 아프리카 주민들의 피부색이 대체적으로 검은 것을 비하하는 데서 온 복합적인 단어다.

"형! 그거, 그리 좋은 표현 아니에요."

윤호는 조심스럽게 존에게 이야기를 했다.

"어? 그게 나쁜 말이야?"

존은 윤호의 말에 고개를 갸웃거리며 물었다.

"그게 완전히 나쁘다고 말하기도 그렇고, 좀 복합적인 의미가 담긴 말이거든요."

"그래? 어떻게?"

존은 흑인을 비하하는 것은 아니지만, 그렇다고 자신이 듣던 것처럼 좋은 의미만 가지고 있는 것도 아니란 말에 더욱 궁금해져 물었다.

"그건 내가 설명해줄게."

수현은 존의 질문에 자신이 나서서 설명을 해주겠다고 말을 했다.

"흑형이라는 단어는……."

한참 설명을 들은 존은 잠시 고민을 하더니 빙그레 웃었다.

"뭐, 그래도… 뜻이 나쁜 것만은 아니네!"

수현의 설명을 들은 존은 그렇게 흑형이란 단어의 유래와 말에 담긴 뜻을 듣고 싫어하지는 않았다.

그가 듣기에는 부정적인 의미보다는 긍정적인 의미가 더욱 많았기에 그냥 긍정적으로 듣기로 한 것이다.

더욱이, 남자라면 동서양을 막론하고 자존심의 크기에 민감하게 반응을 하지 않는가.

그런데 흑형이란 뜻에 그런 뜻도 있다는 것에 잠시 자신의 자존심을 한 번 쳐다보고는 빙긋 웃었다.

그런 존의 반응에 대기실에 모여 있던 로열 가드 멤버들과 수현은 어처구니가 없어 웃어버렸다.

*　　　*　　　*

달그락! 탁! 탁!

존 존스와 마이크는 마치 식사를 며칠이나 굶은 사람처럼 접시를 들고 입을 크게 벌렸다.

와구, 와구.

그들은 들고 있던 포크로 접시에 담긴 음식을 진공청소기 마냥 빨아들이고 있었다.

탁!

“와! 뭐가 이렇게 맛있어?”

존은 방금까지 들고 있던 접시를 내려놓고 그렇게 외

쳤다.

"맞아. 전에 뉴욕에 갔을 때 먹은 미슐랭 별이 세 개나 되는 이탈리아 음식점의 음식보다 훨씬 맛있는 것 같아!"

마이크 또한 존을 따라 그의 경호원으로 전국 투어를 돌 때, 마지막으로 들른 뉴욕의 유명 음식점에서의 만찬과 방금 먹은 요리를 비교하며 칭찬을 했다.

그도 그럴 것이, 방금 그가 먹은 음식이 뉴욕에서 먹던 바로 그 요리였기 때문이다.

전미 투어를 하던 친구 수현을 응원하기 위해 들른 존과 마이크는 함께 늦은 저녁을 먹자는 수현의 제안에 흔쾌히 응했다.

그런데 두 사람은 수현이 직접 요리를 할 줄은 상상도 못 했다.

그저 늦게 여는 식당을 알고 있겠지, 라고 생각했을 뿐이다.

하지만 두 사람의 예상은 보기 좋게 빗나갔다.

투어를 위해 임시로 묵던 숙소에 도착한 수현은 먼저 간단하게 샤워를 하고, 멤버들과 매니저, 스태프들, 그리고 친구인 존과 마이크를 위해 요리를 하기 시작했다.

로열 가드 멤버 열 명에 매니저와 코디 등 스태프 여덟

명, 존과 마이크까지 총 20인분의 음식을 준비하는 것이니 여간 힘든 일이 아니다.

더욱이, 지금은 시간도 늦어 빨리 만들어 먹고 쉬어야 또 내일 공연을 준비할 수 있다.

그런데 수현은 마치 마술을 부리듯 20인분의 식사를 뚝딱 만들어냈다.

단순히 배를 채우기 위해 요리를 한 것이 아니라 정말로 요리라 부를 수 있는, 보기만 해도 식욕이 당기는 요리를 만들어낸 것이다.

존과 마이크는 자신의 친구인 수현이 이렇게 요리를 잘할 줄은 예상하지 못했다.

물론, 각종 언론을 통해 수현이 유명 레스토랑 프랜차이즈의 공동 대표란 것은 알고 있었다.

그렇지만 그가 요리까지 잘할 줄은 생각하지 못했기에, 수현이 만든 요리를 먹으면서 놀라워했다.

맛은 물론이고, 보기에도 훌륭했기 때문이다.

마이크의 말처럼, 뉴욕의 유명 레스토랑의 요리와 비교해도 떨어지지 않았다.

존은 수현의 곡을 사서 자신의 앨범 타이틀 곡으로 발매를 하면서 슈퍼스타가 되어 여러 곳에 불려가며 대접을 받았다.

그중에는 유명하다는 요리사들이 운영하는 음식점도 많았다.

라스베이거스의 피카소 레스토랑이라던가, 마이크와 함께 간 뉴욕의 시칠리아 등, 유명해지니 이전과는 비교할 수 없는 수준의 요리들을 접할 수 있다.

그중에는 어렸을 때 자신이 돈을 많이 벌면 꼭 먹어보겠다고 했던 요리들도 있었다.

TV나 영화에서 보던, 유명 스타들이 고급 레스토랑에서 우아하게 식사를 하고 감탄하는 모습을 보며 꿈꾸던 요리를 말이다.

하지만 실제로 먹어보면 그렇게까지 감동적이거나 하진 않았다.

그냥 맛있다는 정도일 뿐이었다.

그런데 방금 전, 수현이 만들어준 요리는 그가 어렸을 때 TV나 영화로만 접하며 상상하던 바로 그 맛이었다.

그렇기에 존은 자신의 몫으로 나온 요리를 모두 먹고도 더 먹고 싶은 욕심에 주변을 두리번거렸다.

"부족하면 말해. 좀 남았으니까."

원래 요리하는 것을 좋아하고, 자신과 함께하는 동료들이 배부르게 먹는 것을 좋아하던 수현은 언제나 요리를 할 때면 인원수보다 넉넉하게 준비를 했다.

더욱이 로열 가드는 아이돌 그룹이지 않은가. 로열 가드의 멤버들은 활동량이 많아 일반인보다 1.5~2배 정도 식사량이 더 많았다.

그런데 거기에, 활동적인 로열 가드 멤버들을 케어하기 위해서 매니저들도 그만큼 에너지 소비가 크다 보니 이들 또한 식사량이 많다.

그 때문에 수현은 멤버들과 함께 식사를 할 때 자신이 요리를 하게 되면 언제나 곱절의 요리를 했다.

그럼에도 항상 남는 음식은 없었다.

그만큼 수현이 한 요리가 맛이 있기에 그러했고, 오늘도 평소처럼 넉넉한 양을 준비했기에 그렇게 말을 한 것이다.

"그래? 그럼 좀 더 먹어도 될까?"

존은 슬며시 옆에서 음식을 먹고 있던 사람들의 눈치를 살피며 말했다.

탁!

먼저 자신에게 주어진 음식을 다 먹은 존이 접시를 들고 부엌으로 갔다.

"수현이 형, 저도 좀 더 주세요!"

"저도요!"

존을 본 윤호는 자신의 접시를 들고 따라갔다. 성민도 따라 자리에서 일어나며 소리쳤다.

이에 위기감을 느낀 다른 로열 가드 멤버들도 음식 먹는 속도를 높이기 시작했다.

달그락!

그런 모습이 한두 번이 아니었기에 수현은 급기야 부엌에 있던 냄비째로 들고 왔다.

탁!

가져온 냄비를 식탁에 내려놓은 뒤 한마디 했다.

"너무 많이 먹지 말고, 적당히 먹어!"

수현이 냄비를 식탁에 내려놓기 무섭게, 로열 가드의 남은 멤버들은 물론이고, 가만히 있던 마이크까지 냄비 앞으로 몰려들었다.

그렇지만 그리 큰 소동은 벌어지지 않았는데, 수현이 자리에 없을 때면 리더 역할을 하던 정수가 나서서 국자를 잡고 사람들의 접시에 배식을 했기 때문이었다.

수현이 가져다 준 요리를 먹고 있던 존은 그 모습이 참으로 신기해 보였다.

마치 군대나 교도소 같은 곳에서 배식을 받는 것처럼, 질서가 잘 잡혀 있기 때문이었다.

"확실히 특이해!"

존은 그렇게 로열 가드 멤버들이 질서 있게 배식을 받는 모습을 보고 한마디 했다.

그러거나 말거나 자신의 접시에 다시 음식이 덜어지자, 로열 가드 멤버들은 물론이고, 마이크도 자신의 접시를 들고 자리로 돌아와 음식을 먹기 시작했다.

덜컹!

"나 왔어!"

로열 가드의 숙소 문이 열리고 늦은 시간임에도 셀레나 로페즈가 찾아왔다.

"어서와! 좀 늦었네?"

늦은 시각 찾아온 셀레나를 보며 수현은 아무런 놀람도 없이 반겼다.

그녀가 찾아올 것을 미리 알고 있었기 때문이었다.

하지만 늦은 시각 찾아온 셀레나의 모습에 존과 마이크는 깜짝 놀랐다.

너무 놀라 맛있게 먹던 것도 멈추고 굳은 상태에서 그녀와 수현의 얼굴을 번갈아 두리번거리며 쳐다보았다.

"설마……."

존이 조심스럽게 뭔가를 예상한 듯 말을 얼버무렸다.

"그런 것 아냐! 근처에 스케줄이 있어서 잠시 보러 온 것 뿐이야!"

"맞아! 우리 그룹이 전미 투어를 다시 시작하면서 셀레나도 바빠서 얼굴 볼 기회가 없었어. 그런데 마침, 우리가 공연하는 곳 근처에 셀레나의 스케줄이 생겨서 늦은 시간이지만 잠시 보러 온 거야!"

수현은 존과 마이크가 오해를 하는 것 같아 셀레나가 이 늦은 시간에 찾아온 것에 대해 변명을 했다.

하지만 그 변명이 더 이상했다.

어차피 수현이나 셀레나는 두 사람 모두 성인이다.

굳이 그런 것을 설명할 필요가 없는 나이였다. 존이 단순히 수현을 놀리기 위해 한 말에 수현과 셀레나는 장황하게 설명을 했다.

그래서 더욱 이상하게 느껴졌다.

"셀레나, 늦게까지 스케줄을 소화하느라 저녁도 못 먹었을 것 같은데, 배고프지 않아?"

수현은 낌새가 이상하자 얼른 화제를 돌리기 위해 셀레나에게 말을 걸었다.

"으응, 그렇지 않아도 저녁을 못 챙겨 먹어서 배가 고프던 참인데, 뭐 먹을 것 좀 있어?"

셀레나는 수현의 물음에 얼른 맞장구를 치며 대답을 했다.

"조금만 기다려. 오면 주려고 준비한 게 있으니까."

수현은 말과 함께 부엌으로 빠르게 걸어가서 따로 셀레나의 몫으로 빼놓은 요리들을 데우기 시작했다.

비록 바로 만든 것보다 맛은 떨어지겠지만 다시 만들기에는 시간이 너무 늦고, 셀레나에게도 시간적 여유가 많은 것이 아니기에 미리 만들어둔 것을 데우는 것이었다.

* * *

덜그럭!

"수현 씨, 너무 맛있게 잘 먹었어요."

마지막 한술을 뜨고 스푼을 내려놓은 셀레나는 수현을 보며 감사 인사를 했다.

"뭐, 이런 걸 가지고……."

셀레나의 아름다운 미소와 함께 전해진 감사인사에 수현도 빙그레 웃으며 인사를 받았다.

"형, 설거지는 저희가 할 테니 이야기 나누세요."

오랜만에 찾아온 셀레나와 수현을 번갈아 보며, 정수는 얼른 셀레나의 앞에 놓인 접시를 치우며 수현에게 말했다.

"그래줄래? 그래주면 고맙고."

정수의 제안을 수현은 선뜻 받아들였다.

"네, 설거지는 저희에게 맡기고 이야기 나누세요."

정수에 이어 윤호도 얼른 나서서 부엌으로 들어갔다.

로열 가드 멤버들은 설거지를 할 인원을 빼고는 각자 자신의 방으로 들어갔다.

멤버들 모두가 각자 할 일을 하러 자리를 뜨자, 수현은 냉장고에서 맥주를 가져와 존과 마이크, 셀레나에게 한 병씩 건네며 소파에 앉았다.

"촬영은 잘 돼가?"

수현은 오랜만에 만난 연인에게 근황을 물었다.

"응, 주연을 맡은 미셸 로이나의 연기가 어설퍼 NG가 많이 나기는 하지만, 뭐 큰 지장은 없을 것 같아!"

셀레나는 수현의 질문에 촬영장에서 있었던 일을 잠시 생각하다 이야기를 했다.

"맞다. 셀레나가 새 TV 드라마 촬영을 한다고 했었지?"

"응, 다즈니에서 하는 굿 프렌드 후속 드라마야."

"그래? 어때, 시리즈로 나갈 수 있을 것 같아?"

다즈니의 드라마라고 하니 관심이 생긴 존이 눈을 반짝이며 물었다.

사실 존은 다즈니의 열성 팬으로서 어려서부터 다즈니에서 만든 만화영화와 드라마를 보며 자랐다.

그 때문인지, 다른 방송국의 드라마는 잘 보지 않으면서도 다즈니에서 제작한 것은 챙겨 보고 있었다. 그런 취향은 마이크 또한 비슷했다.

"응. 말로는 벌써 시즌 2의 시나리오가 완성되어 있고, 시즌 3의 시나리오가 준비되고 있다고는 했지만… 잘 모르겠어!"

존과 마이크에게 그렇게 이야기는 했지만, 그녀가 생각하기에는 시즌 2는 몰라도 시즌 3는 힘들 것 같았다.

솔직히 자신이 주연을 맡기는 했지만, 드라마 내용이 썩 재미있다고 생각되진 않았기 때문이었다.

남자 친구인 수현이 출연한 시티 오브 가더를 본 뒤로는 자꾸만 자신이 출연하는 드라마와 수현이 출연한 드라마를 비교하게 됐다.

그럴 때마다 셀레나는 왠지 자신이 출연하고 있는 드라마가 유치한 느낌이 들었다.

그러니 자신 있게 시즌 2와 시즌 3가 제작될 것이라는 말을 하지 못하는 것이다.

스윽!

'응?'

드라마 촬영에 대한 질문에 위축되던 셀레나는 순간 누군가 자신의 어깨를 감싸는 것을 느꼈다.

저도 모르게 고개를 돌린 셀레나의 눈에 그윽하게 미소를 지으며 움츠린 어깨를 마사지해주는 수현이 비쳤다.

"내용은 괜찮던데. PD도 능력 있는 사람이고, 또 내가 직접 확인한 것은 아니지만 다들 연기를 잘한다고 알려진 배우들이잖아. 걱정하지 마!"

수현은 위축된 셀레나의 어깨를 풀어주며 위로의 말을 건넸다.

그런 남자 친구의 위로에 셀레나도 어느 정도 기운을 차렸다.

"고마워!"

쪽!

수현의 위로에 힘을 얻었는지 아니면 감동을 한 것인지, 셀레나는 고개를 돌리며 수현의 입에 키스를 했다.

"음!"

오랜만에 만난 연인과의 키스여서일까.

셀레나는 수현의 목에 두 팔까지 걸치며 정열적으로 키스를 했다.

사람이 가장 불타오르는 시간, 밤 11시.

위축된 자신을 부드러운 애무와 함께 위로해 주는 그의 말에 셀레나는 이성을 잃고 정열적으로 키스를 한 것이다.

하지만 셀레나와 수현의 격렬한 키스는 더 이상 진전되지 못한 채 한 사람의 방해로 끝이 났다.

"흠흠, 똑똑! 여보세요?"

존은 입으로 불편한 신음과 노크를 하고는 두 사람을 불렀다.

"미안한데, 우리 아직 있거든."

"어머!"

"하하!"

존의 말에 셀레나는 순간 자신이 수현에게 너무 빠져들어 다른 사람들을 잊고 있었다는 사실을 깨달았다.

"오랜만에 만나 뜨거워진 것은 알겠는데, 오늘은 좀 참아 줘. 셀레나는 곧 가야 한다며!"

"미안, 하지만 이해해 줘. 너무 오랜만이고, 수현을 보고 있으면 나도 모르게 뜨거워진단 말이야!"

셀레나는 존의 놀림에도 부끄러워하지 않고 오히려 자신

의 감정을 당당하게 밝혔다.

"워~어!"

셀레나의 직설적인 대답에 존은 환호성을 지르며 수현을 바라보았다.

그런 존의 놀리는 듯한 시선에 수현은 별거 아니라는 듯, 어깨를 으쓱해 보였다.

"와우, 저 당당한 것 좀 봐. 수현은 이미 미국 사람 다 됐다니까."

"맞아, 내가 알고 있는 한국 사람들과는 좀 다른 것 같아."

수현의 너무도 담담한 반응에 존은 물론이고, 셀레나 또한 한마디를 보탰다.

두 사람이 보기에 수현은 겪으면 겪을수록 신선했다.

수현을 더 잘 알기 위해 두 사람은 한국과 한국인에 대해 많은 공부를 했다.

특히 존은 주 활동 영역이 LA이기 때문에, 한국인들에 대해 셀레나보다 조금 더 많이 알고 있었다.

LA는 미국에서 가장 많은 한국인들이 살고 있기도 하고, 또 그가 어려서 살던 곳 근처에도 한국인들이 많이 살고 있었기 때문이었다.

그가 알기로는 한국인들은 대체적으로 내성적이었다.

물론 예외가 있기는 하지만, 그들은 대체로 재미교포 3세나 4세였다. 외형은 동양인이지만 나고 자란 곳은 미국이기 때문에 개방적인 성향이 강했다.

한국에서 유학 온 학생들도 대체적으로 내성적이고 자존심이 강해서, 어려운 일이 있더라도 본인이 직접 해결하려는 성향이 강했다.

그런데 수현은 마치 재미교포 3세나 4세처럼 개방적인 사고를 가졌다.

언제나 자신감에 차 있고, 긍정적이며, 남에 대한 배려심이 강했다.

정의롭고 남을 돕는 것을 좋아했으며, 모든 일에 솔선수범했다.

코믹스나 소설에서나 나올 법한 위인과도 같은 사람이 바로 수현이었다.

잠시 생각에 잠겨 있던 존은 문득 생각난 것이 있어 다시 입을 열었다.

"혹시, 저스트 소식 들었어?"

그러면서 그는 한 달 전 마이크의 시합 때, 라스베이거스 컴벳 아레나에서 있었던 저스트 비버와의 트러블에 대한 이야기를 꺼냈다.

"아니, 나는 투어 준비 때문에 그런 것에 관심을 둘만큼 의 여유가 없어."

수현은 친구 존의 물음에 고개를 저으며 대답을 했다.

"나도 언뜻 들었는데… 파산을 한 것 같더라고."

"파산?"

"응. 그때 그 사건이 외부에 알려지면서 매니지먼트 회사에서도 손을 떼고, 레이블 직원들도 여럿이 사표를 내면서 떠났다고 들었거든. 그리고 결정적으로 그가 한 발언이 문제가 돼서……."

존의 설명은 이랬다.

그날, 저스트의 니그로라는 인종차별 발언이 외부에 알려지면서 그동안 저스트와 함께 음악 작업을 하던 아티스트들은 저스트에게 반감을 가지게 됐다.

그중에 흑인 아티스트가 가장 먼저 저스트와 함께 음악 작업을 하지 않겠다며 작업실을 떠났다. 그리고 레이블에서도 저스트가 그동안 흑인들을 어떻게 생각하고 있었는지 잘 알았다면서 많은 직원들이 사표를 던지고 나갔다.

설상가상으로, 그동안 저스트를 후원하던 후원자와 저스트를 광고 모델로 쓰던 광고사들은 저스트의 인종차별 발언으로 이미지가 추락했다. 수많은 손해가 발생한 후원자와 광고사들은 일제히 계약을 파기하며 소송을 걸었다.

그로 인해 저스트는 많은 비용을 변호사 비용과 합의금으로 날려야만 했다.

존에게서 이야기를 들으며 수현은 그날의 일을 떠올렸다.

혼자 흥분해 자신에게 악담을 하던 저스트의 모습, 그리고 말리는 존을 향해 인종차별 발언을 하던 때가 생생히 떠올랐다.

"뭐, 그거야 자신이 벌인 일은 자신이 책임을 지는 거지. 내가 뭐라 할 말이 없네."

존의 이야기에 수현은 담담히 자신의 생각을 말했다.

하지만 이야기를 듣고 있는 셀레나의 마음은 편치 않았다.

어찌되었든 한때나마 좋아했던 사람이 나락으로 떨어졌다는 이야기를 듣는다는 게, 기분 좋은 일은 아니었다.

헤어질 때 안 좋게 헤어지긴 했지만, 알고 있던 사람의 불행한 소식을 굿 뉴스라 부를 수는 없지 않겠는가.

Chapter 3

전미 투어 마지막 날

어두운 방, 한 사내가 벽에 기대 앉아 있다.

그의 주변은 빈 술병과 쓰레기로 지저분했지만, 사내는 상관하지 않았다.

그는 마치 기계처럼 오른손으로 쥔 술병을 입에 가져가 한 모금씩 마실 뿐이었다.

'제길, 어디서부터 잘못된 거지?'

사내의 정체는 얼마 전까지만 해도 최고의 뮤지션, 싱어송 라이터라 불리며 미국 젊은 층의 아이콘이었던 저스트 비버였다.

하지만 그는 지금 나락으로 떨어진 상태였다.

평소에는 자신에게 잘 보이기 위해 매일같이 찾아오던 친구들도 더 이상은 없고, 자신이 최고라며 알랑방귀를 뀌던 회사 관계자도 모두 떠나 버렸다.

심지어 자신이 애인이 있다는 것을 알면서도 유혹을 하던 여자들도, 그리고 셀레나와 헤어지게 된 결정적 이유였고 셀레나와 헤어진 후 자신과 연인 관계로 발전한 에이브린도 이제는 곁에 없었다.

모두 자신의 곁을 떠나 버린 것이다.

그렇게 자신을 떠받들던 사람들이 떠난 자리에 그를 찾아온 것은 마치 썩은 고기를 찾아다니는 하이에나 떼와 같은 파파라치들과 매일같이 날아오는 법원의 고소장이었다.

마치 때를 기다렸다는 듯 쏟아지는 각종 동영상을 보던 저스트는 뒤늦은 후회를 했다.

무분별한 파티와 음주, 그리고 프로답지 못하게 술이 다 깨지 않은 상태에서 공연을 하다가 무대 위에서 구토를 하는 모습 등, 굴욕적인 동영상들은 사방으로 퍼져 나갔다.

'뭐, 원래 난 좀 이래도 돼!' 라는 생각은 이제 온데간데 없었다.

자신을 떠받들던 사람들이 모두 떠나자 정신이 들었다.

자신이 걸어온 길을 되돌아보니 모든 것은, 제 자신은, 정상이 아니었다.

그래서 술을 마셨다. 술이라도 마시지 않으면 도저히 현재 자신이 처한 상황에서 잠시라도 벗어날 수가 없기 때문이었다.

매일같이 법원에서 날아온 고소장에는 계약 불이행에 대한 손해배상 내용이 빼곡히 적혀 있었다.

만약 그 금액을 모두 치러야 한다면, 아마 자신은 파산을 하고 말 것이다.

다행이라면 매니저인 로렌스가 떠나기 전에 했던 조언처럼 최고의 변호사를 선임한 것이었다.

뒤늦은 생각이지만, 정말 로렌스는 자신을 최고의 자리에 오르게 만든 장본인이었다.

그런데 스타가 되자 자신은 어땠는가. 이른 나이에 감당하지 못할 부를 축적하자 타락하고 말았다.

은인이라 할 수 있는 그를 무시하고 마치 자신의 뒤처리나 하는 하인으로 취급했다.

물론 처음부터 그런 것은 아니었다.

인기가 오르면서 저스트는 많은 친구들을 사귀게 되었다.

각종 파티에 초대 되었고, 이른 나이에 술과 마약을 접하게 되면서 그는 점점 엇나갔다.

로렌스가 만류했지만, 도리어 자신은 그것을 간섭으로만 생각해 더욱 그를 멀리하기 시작했다.

갈수록 관계가 소원해져 갔지만, 자신은 신경 쓰지 않았다.

오히려 나쁜 남자로 이미지 변신을 하니 예전 굿보이였을 때보다도 팬들이 더욱 좋아해 주었기 때문이었다.

하지만 착각이었다. 자신을 나쁜 남자라 생각하며 했던 행동들.

그것을 되돌아보면, 그건 나쁜 남자가 아닌, 그저 나쁜 놈의 행동이었을 뿐이다.

그런데도 나쁜 놈이 나쁜 남자로 보였던 것은, 모두 일처리 능력이 좋은 로렌스가 곁에 있었기 때문이었다는 것을 저스트는 뒤늦게 깨달았다.

실제로 매니저인 로렌스가 자신과의 계약을 파기하고 떠났을 당시만 해도, 저스트는 이러한 사실을 깨닫지 못했다.

하지만 시간이 얼마 지나지 않아 그가 얼마나 유능했는지 알게 되었다.

로렌스가 떠난 뒤, 원만하게 해결되었다고 생각했던 사건

사고들이 마치 장마에 제방이 무너진 것처럼 쏟아지기 시작했다.

그렇지만 새로 고용한 매니저는 이런 일들을 처리하지 못하고 백기를 들어버렸다.

로렌스가 떠나고 그보다 더욱 비싼 매니저를 구했지만, 일처리 능력은 이전 매니저인 로렌스에 한참이나 미치지 못했다.

그것이 시작이었다. 묻힌 사건들이 쏟아져 나오면서 법원에서는 매일같이 고소장과 출석요구서가 날아왔고, 또한 손해배상 청구서도 날아들기 시작했다. 그러자 자신과 어울리던 친구들도 하나둘 떨어져 나갔다.

그중에서도 저스트를 가장 화나게 했던 것은 다름이 아니라, 애인이던 에이브린이 자신이 추락하자마자 가장 먼저 자신의 곁을 떠났다는 것과 곧바로 자신의 친구와 붙어먹었다는 것이었다.

원래 허영심이 많고, 성공을 위해서는 수단과 방법을 가리지 않는 사람인 것은 알고 있었지만, 설마 자신이 그녀의 발판이 될 것이라고는 예상하지 못했다.

그래서 더욱 충격으로 다가왔다.

다른 사람은 그럴 수 있어도, 자신은 절대 누군가의 발판이 될 것이란 생각은 하지 못했기에 충격이 컸다.

에이브린을 잠시 떠올리다 보니, 다른 여자의 얼굴이 떠올랐다.

바로 셀레나의 얼굴이었다.

자신이 각종 구설수에 오를 때도 언제나 곁에 있어주던 여자. 하지만 그렇게 좋은 여자를 자신이 배신했고, 많은 사람들이 보는 앞에서 망신을 주며 헤어졌다.

그때는 무엇 때문에 그렇게나 착한 여자를 그토록 밀어냈던 것일까.

저스트는 이해할 수가 없었다. 누군가 자신의 머리를 조종이라도 한 것처럼 모든 것이 엉망이 되었다.

결국 셀레나는 자신과 결별했고, 당시 일방적인 폭행이 일어나려던 것을 막아주던 남자는 그녀와 연인이 되었다. 그녀와 연인이 된 사람은 동양인이다.

이전까지 동양인은 그저 자신이 만든 음반을 사주는 존재, 그 이상도 이하도 아니었다. 자신이 어떤 짓을 하던 환호하는 그런 존재들이었다.

주변에서 아무리 그에 대한 칭송을 해도 셀레나의 새 연인이 어떤 사람인지는 알 필요도 없고, 알고 싶지도 않았다. 그래서 무시를 했다.

자신처럼 아이돌 가수이며 동시에 연기자였기에, 자신과 비교가 되는 이야기들이 나올 때마다 저스트는 더욱 수현을 무시하고 깎아내렸다.

뒤돌아보니 그것이 화근이었다. 모든 잘못은 자신에게 있다.

"내가 잘못한 거였어……."

벌컥!

작게 중얼거린 저스트는 술병을 들어 술을 한 모금 들이켰다.

"크으!"

술은 고급이었지만, 무척이나 독한 위스키였다.

식도를 넘어가는 독한 알코올 기운 때문인지 순간 정신이 번쩍 들었다.

하지만 그것도 잠시, 저스트의 눈빛은 다시 흐려졌다.

"젠장!"

화가 다시 치밀어 올랐다.

무한 반복이다. 화가 치밀어 오르다가 꼬리를 물고 자신을 떠난 사람들의 얼굴이 떠오르면, 뒤늦게 후회가 밀려온다.

그러고는 현실을 받아들이며 반성을 하지만, 그것도 잠

시. 밀려드는 허무한 감정에 그것을 잊기 위해 술을 마시고, 또 현실에 화를 낸다.

몇 달 전까지만 해도 최정상의 톱스타였던 저스트 비버. 하지만 그는 지금 나락으로 떨어진 신세다.

한 번도 이렇게 추락해 본 적이 없던 그로서는 쉽게 현실을 극복할 수가 없었다.

어떻게 보면 말실수 한 번으로 그가 추락한 듯 보이지만, 사실은 그렇지 않았다.

그동안에는 유능한 매니저인 로렌스가 있어서 문제가 될 사건이 터지더라도 그가 나서서 피해자와 합의를 보았기에 잠잠했다.

그렇지만 이제는 로렌스도 저스트의 곁에 없고, 저스트가 사고를 치면 막아줄 보호막이 없다. 그러다 보니 직격탄을 맞은 것이다.

한참을 그렇게 분노와 체념을 오가며 술을 마시던 저스트는 어느 순간 그대로 쓰러져 잠이 들었다.

*　　　*　　　*

데니엘 크로포드는 뉴욕 브루클린에 위치한 바클레이스

센터의 보안 요원이다.

그런 그가 바짝 긴장한 채 이곳에 서있는 이유는, 요즘 한창 떠오르고 있는 한국 출신의 아이돌 그룹, 로열 가드의 공연이 있기 때문이었다.

저녁 6시부터 8시까지 하는 두 시간짜리 공연인데, 사실 바클레이스 센터는 가수가 공연을 하기에는 그리 좋은 곳이 아니다.

바클레이스 센터는 유명한 NBA 구단인 브루클리스의 홈구장이다.

브루클리스의 경기가 있는 날은 이곳 주변이 온통 교통지옥으로 바뀐다.

그 이유는 바로, 바클레이스 센터에는 관람객들을 위한 주차시설이 없기 때문이었다.

그때문에 자가용을 타고 바클레이스 센터를 찾은 관람객들은 어쩔 수 없이 노상 주차를 해야만 하는데, 이때 뉴욕의 교통경찰은 이를 그냥 두고 보지 않고 교통 위반 딱지를 뗐다.

그래도 경기장 밑으로 지하철 2, 3, 4, 5번 노선이 지나가고, 버스 노선 다섯 개가 지나가기에 대중교통을 이용하는 것이 더 편한 곳이었다.

지금은 비시즌이라 제법 한가한 편이었는데, 오늘 아침에 출근했을 때 확인한 관람객들은 시즌 때만큼이나 많았다. 데니엘은 자신이 해야 할 일이 많아진 것에 대해 불만을 가졌지만 내색 하지는 않았다.

"가방을 열어주십시오."

스윽! 스윽!

혹시나 위험한 물건을 숨기고 들어오는 것은 아닌가 해서 관람객들이 가지고 온 가방이나 주머니 등을 검사했다.

칼이나 총 그 밖에도 와인 오프너 같이 다른 사람에게 상해를 입힐 수 있는 물건을 반입하면, 공연 도중 흥분해서 사고가 발생할 수도 있기 때문이었다.

사실 2001년에 있었던 911테러 이전에는 이렇게까지 보안 검색이 철저하지는 않았다.

그저 입장하려는 관람객의 티켓을 확인하고, 마치 공항의 검색대처럼 금속 탐지기를 이용해 대충 검색을 할 뿐이었다.

하지만 2001년의 911테러 이후, 모든 것이 바뀌었다.

보안 검색은 더욱 철저해졌고, 액체 형태의 물질이 든 용기나 스프레이 등은 가지고 들어갈 수 없다.

이는 다양한 형태의 생화학 테러 무기가 만들어지면서,

공공장소나 많은 사람들이 모이는 장소에서의 테러를 방지하기 위해 그런 조치가 취해진 것이었다.

물론 현재는 많이 완화된 편이었지만, 공항 등은 아직도 심각한 보안 절차를 거치고 있다.

바클레이스 센터 또한 마찬가지였다.

911테러를 일으켰던 알카에다는 다국적군과 미국의 끈질긴 추격으로 몰락했지만, 이번에는 그들과 다른 종파인 이슬람 테러단체가 이슬람 국가—IS라는 이름을 가지고 맹위를 떨치고 있었다.

여기서 맹위란 용감하게 싸운다는 것이 아니라, 이전에 알카에다가 그랬던 것처럼 다른 나라의 민간인들에 대한 테러로 악명을 떨친다는 말이다.

특히나, 이들은 너무도 지능적인 범죄단체다.

인터넷을 이용해 정체성이 확립되지 않은 각국의 어린 청소년들을 자신들의 전사로 세뇌시켜 자국에서 테러를 저지르게 하고는 했다.

그때문에 911테러 이후, 알카에다를 물리치고 안정을 찾아가던 미국이나 서방 국가들은 새롭게 등장한 악당으로 인해 테러에 대한 공포로 떨어야만 했다.

데니엘은 그런 테러가 이곳 바클레이스 센터에서 발생하

지 않도록 하기 위해 철저한 검사를 하고 있었다.

"데니엘, 하이!"

누군가 한참 보안검색을 하고 있던 데니엘을 부르며 인사를 했다.

"어? 휴고, 너는 오늘 비번이잖아."

데니엘은 비번인 휴고가 자신을 부르며 나타나자 고개를 갸웃거리며 물었다.

원래 자신이 맡은 일에 그리 열성적이지도 않았고 매사에 불만이 많던 휴고가 비번인 오늘, 바클레이스 센터에 모습을 보인 것에 놀란 것이다.

"맞아, 그런데 빌어먹을 검둥이가 좀 나오라잖아!"

"저메인 팀장이 불렀다고? 네가 비번인 날에 저메인 팀장이 불렀다고 올 사람이냐? 사실대로 말해봐!"

휴고의 인종차별적 발언을 들었지만, 데니엘은 별로 신경도 쓰지 않고 되물었다.

데니엘은 인종차별주의자는 아니었지만, 그렇다고 그런 말에 대해 화를 내는 사람도 아니었다.

자신의 일만 아니면 주변에 별로 신경도 쓰지 않는 현대인, 그 이상도 이하도 아닌 것이다.

"뭐, 그렇긴 하지. 그런데 오늘 공연하는 몽키들 쪽에서 무슨 말을 들었는지, 오늘은 비번 없이 모두 나오라잖아! 물론 수당을 두 배나 쳐준다고는 했지만."

별거 아니란 듯 휴고는 변명을 해댔다.

데니엘은 그의 말을 들으면서도 고개를 갸웃거렸다.

겨우 기존 수당의 두 배를 준다고 해서 그가 비번인 날에 일터로 나왔다는 그 말을 믿을 수가 없었기 때문이다.

평소에도 불평불만이 많던 휴고인데, 겨우 두 배의 수당을 준다는 말에 휴무인 날임에도 출근을 하다니…….

하지만 본인이 그렇다는데 굳이 무슨 이유인지 꼬치꼬치 묻는 것도 이상한 일이기에, 그냥 넘겼다.

"알았어. 괜히 관람객들과 싸우지 말고, 뒤쪽 차량 출입구나 좀 봐줘!"

데니엘은 밀려드는 관람객들을 상대로 보안 검색을 해야 했기에 더 이상 휴고를 상대할 시간이 없었다.

그렇기에 휴고에게 그 말을 하고는 관심을 끊었다.

데니엘이 그런 말을 하는 데는 이유가 있었다.

원래 불평불만도 많고, 거기에다 인종차별주의자인 휴고는 그가 보기에 보안 업무와는 맞지 않는 사람이었다.

특히나, NBA에는 엄청난 인기를 가진 흑인 스포츠 스타들이 많았다.

그때문에 이곳을 찾는 관람객들도 백인보다는 유색인종의 비중이 좀 더 많은데, 휴고는 피부색이 다른 관람객과 종종 트러블을 일으켰다.

그런데 희한한 것은 그렇게 관람객과 트러블을 일으키면서도 여태 자리를 보전하고 있었다.

뒤에 누가 있는 것인지, 휴고는 아직까지 이곳 바클레이스 센터의 보안팀에 붙어 있었다.

출입구 보안 요원인 데니엘과 대화를 마친 휴고는 몸을 돌려 건물 안으로 들어갔다.

* * *

쿵딱! 쿵짝! 쿵짝!

음악 소리가 스피커를 통해 실내를 울리고, 무대 위에선 로열 가드 멤버들이 들리는 음악에 맞춰 오늘 있을 공연을 연습하고 있었다.

착!

음악이 끝나고 멤버들은 마지막 포즈를 취하며 안무를 마쳤다.

짝! 짝! 짝! 짝!

전창걸은 음악이 멈추기 무섭게 박수를 치면서 무대 위로 오르며 소리쳤다.

"좋았어! 오늘 이대로만 하면 이번 전미 투어는 성공적으로 끝마치게 될 거야!"

로열 가드의 미국 진출을 기념해 싱글 앨범을 발매하고 투어를 돌면서 예전 한국에서 발매한 몇 가지 곡들을 미국에 맞게 편곡했다.

처음에는 성공할 수 있을까라는 기대감도 없이 그저 도전을 해본다는 심정으로 시작한 일이었다.

그런데 예상과 다르게, 로열 가드의 투어는 대성공을 거두었다.

그리고 오늘, 뉴욕 브루클린 바클레이스 센터에서의 공연이 마지막 공연이다.

40여 개의 도시를 돌며 공연을 했기 때문에, 아무리 로열 가드 멤버들이 젊다고는 하지만 많이 지쳐있었다.

중간에 휴식도 하면서 체력을 보충하기는 했지만, 솔직히 무리한 일정이 아닐 수 없었다.

하지만 그것도 이제 마지막이다.

"어제에 이어 오늘, 뉴욕에서의 두 번째 공연을 할 것이고, 공연이 끝나면 모든 활동을 중단하고 휴식기에 들어간다."

"네, 알겠습니다."

수현은 총괄 매니저인 전창걸의 말에 흐르는 땀을 훔치며 대답을 했다.

"그래, 그럼 이제 그만 씻고 준비하자!"

짝! 짝!

"어서 움직여!"

전창걸은 리허설이 끝난 멤버들을 재촉하며 그들을 이끌었다.

삐걱!

'응?'

리허설을 마치고 걷던 중, 수현은 발밑에서 느껴지는 이상한 느낌에 시선을 내리며 발로 몇 번 짚어보았다.

삐걱! 삐걱!

바닥이 제대로 고정되지 않은 듯 삐걱거리자 수현은 미간을 찡그렸다.

무대가 고정되지 않으면 자칫 공연 도중 문제가 발생할 수 있다.

실제로 공연 도중 제대로 고정되지 않은 무대가 무너지면서 그 위에 있던 가수나 백댄서들이 추락하는 사고가 종종 발생하고는 한다.

무너지지는 않더라도 수평이 맞지 않아 그곳에 걸려 넘어지는 일이 발생할 수도 있다.

이는 성공적인 공연을 하는 데 있어 안 좋은 결과를 만드는 요소이다. 그러니 공연이 시작되기 전, 시설팀에 연락을 해서 점검을 해야 할 필요가 있었다.

* * *

바클레이스 센터 북문, 관계자용 지하 주차장으로 들어가는 입구에 흰색 밴이 들어왔다.

부우웅!

"정지!"

끼이익!

보안 요원의 정지신호에 흰색 밴이 멈춰 섰다.

"수고하십니다."

"어디서 방문하셨습니까?"

"네, 보시다시피 코크 사에서 왔습니다. 음료가 부족하다고 가져다 달라고 해서……."

흰색 밴의 옆에는 코크 사의 로고가 한눈에 보일 정도로 크게 그려져 있었다.

"주문서 좀 보여주십시오."

"네, 잠시만 기다려 주세요."

운전기사는 보안 요원의 요구에 오늘 가져온 음료의 송장을 찾기 시작했다.

"헤이, 조셉! 뭐야?"

근무복으로 갈아입은 휴고가 검문소가 있는 곳으로 다가오며 물었다.

"어? 휴고, 어쩐 일로 나온 거야? 오늘 비번이라고 신디랑 놀러 간다고 하지 않았어?"

"응, 원래 계획은 그랬지. 그런데 저메인이 좀 나오라잖아."

조셉은 평소 휴고의 성격을 잘 알기에 괜히 그와 엮이고 싶지 않았다.

"그래? 그럼 팀장에게 가서 구역을 배당 받아야지. 뭐 하러 힘들게 여길 와?"

그래서 일부러 퉁명스럽게 말하며 휴고를 얼른 쫓아 버리려 했다.

"내가 굳이 비번인 날에도 나왔는데, 깜둥이 놈 얼굴까지 봐야겠어?"

휴고는 자신을 쫓아내려는 조셉의 말에 인상을 찡그리며 말했다.

"그러지 말고, 내가 여기 있을 테니 네가 출입구로 가서 데니엘이나 좀 도와줘. 입구에 사람이 너무 많아 정신을 못 차리고 있던데."

휴고는 마치 파리를 쫓듯 손짓을 하며 차량 검색을 하고 있던 조셉에게 말을 했다.

"그래? 알았어. 그럼 대신 좀 맡아줘, 내가 데니얼에게 가볼 테니."

조셉은 일이 별로 없는 여기가 한가하고 편하긴 했지만, 솔직히 자신이 맡은 이곳이 마음에 들지 않았다.

다른 때 같았으면 편해서 좋다고 했을 테지만, 오늘은 이곳에서 슈퍼스타인 로열 가드가 콘서트를 한다.

조셉은 로열 가드 중에서도 로열 가드의 리더인 자신이 좋아하는 스타, 정수현을 꼭 보고 싶었다.

뉴욕을 배경으로 하는 인기 드라마, '시티 오브 가더'의 열혈 팬인 조셉은 시티 오브 가더에서 주인공 조엘의 사이드킥(Sidekick)으로 출연하는 정수현, 그가 맡은 캐릭터인 '마스터 현'이 특히 좋았다.

시티 오브 가더의 주인공은 누가 뭐라고 해도 조엘이다.

잘생긴 백인에, 모델 빰치는 비율. 무술 수준도 수준급.

정말이지 시티 오브 가더에서의 주인공으로는 더할 나위가 없다.

그렇지만, 바클레이스 센터의 보안 요원인 조셉은 주인공 조엘보다 그를 가르친 마스터, 신비한 동양의 고대 문파의 수장인 마스터 현에게 더욱 심취했다.

신비한 무술은 물론이고, 고대의 비술까지 깨우쳐 젊음을 유지하는 것. 그리고 그것을 감추기 위해 가면을 쓰고 있는 모습은 너무도 카리스마가 넘쳤다.

뿐만 아니라 가면 또한 보면 볼수록 신비롭다.

어떻게 보면 시티 오브 가더에 나오는 악당이나 인외의 존재들인 이레귤러와 비슷해 보이지만, 그 가면은 바로 신비 문파의 시조의 얼굴을 형상화한 것이었다.

조셉은 가면의 설정에 놀라며 마스터 현이라는 캐릭터에 관심을 가지게 됐다.

더욱이 그 가면 형상은 후예들에게 미화되어 내려오는 시조의 모습이 아니고, 신비 문파와 싸웠던 적들이 그를 무서워하여 그의 얼굴을 괴물처럼 묘사한 것이었다.

하지만 신비문의 후예들은 그것을 자랑스럽게 생각하며 그 얼굴을 받아들였다.

괴상하고 무서운 얼굴 모양임에도, 그 괴물 같은 모습을 가면으로 만들어 쓴다는 설정이 너무도 마음에 들었다.

그래서 근무가 없는 비번일 때면, 조셉은 봤던 내용이지만 시티 오브 가더를 IPTV로 결제를 해서 다시 한 번 봤다.

그런데 시티 오브 가더에서 자신이 가장 좋아하는 캐릭터를 연기한 배우이자, 가수인 정수현이 오늘 자신이 근무하는 바클레이스 센터에서 콘서트를 한다.

물론, 어제도 로열 가드는 공연을 했다. 그렇지만 조셉은 이곳에서 근무를 서는 바람에 공연을 볼 수가 없다.

일부 동료 직원들은 정수현과 로열 가드 멤버들을 직접 보기도 하고 함께 이야기도 했다고 하는데, 자신은 그런 행운을 얻지 못했다.

더욱이 동료의 말에 의하면, 그들은 여느 스타들과는 다르게 무척이나 겸손하고 예의가 바르다고 했다.

보안 요원들이나 스태프들에게 친절하고, 힘들어하면 함께 도와주고, 음료나 간식을 가져다주기도 했다는 것이다.

이야기만 들어도 참으로 보기 드문 연예인임을 알 수 있었다.

그러니 조셉은 휴고의 말에 솔깃할 수밖에 없었다.

“걱정하지 마! 그리고 유색인종들이 뭐가 좋다고 그리들 웃고 떠드는 건지, 참나!”

휴고는 인상을 쓰며 조셉에게서 업무 인수인계를 받았다. 그리고는 쳐다보지도 않고 가보라는 손짓을 했다.

그런 휴고의 모습에 조셉은 살짝 인상을 쓰다 고개를 가로저었다.

정말이지 휴고는 상종 못할 인간이다.

사람을 대하는 것이 언제나 제멋대로다.

특히, 피부색이 다른 동료나 아니면 자신보다 못하다 판단되는 동료 보안 요원은 사람 취급도 하지 않았다.

그때문에 문제 제기가 되어 곤욕을 치를 때도 있지만, 그 때뿐이었다.

어찌된 영문인지 그와 엮여 문제가 발생하면, 분명 휴고의 잘못이 분명함에도 결과적으로 휴고는 별다른 징계 없이 계속 업무를 했다.

하지만 정작 피해를 당한 다른 동료는 일자리를 잃는다.

그 뒤로 다른 동료들은 웬만하면 그와 연관되지 않으려고 노력했다.

지금도 마찬가지다. 분명 자신의 부탁을 들어주는 입장임에도, 휴고는 마치 하인을 부리듯 손만 까딱이고 있었다.

그것이 불만이어서 한마디 하려고 했지만, 예전 동료이던 애드손의 일이 생각나 그냥 참기로 했다.

한 달 전, 애드손은 조셉과 같은 조에 속한 동료였다. 28살의 애드손은 일찍 결혼해 아이도 있는 가장이다.

근무를 할 때면, 언제나 가족의 사진을 가슴에 담고 근무를 설 정도로 가족에 대한 사랑이 넘치는 사람이었다.

그런 애드손은 가장이란 책임감을 가지고 있어서 그런지 매사에 긍정적으로 생각했고, 모든 일에 솔선수범을 하는 모범적인 보안 요원이었다.

다만 그에게도 안타까운 일이 있었는데, 그것은 바로 그의 딸이 아프다는 것이었다.

그때문에 종종, 여유가 있는 동료들과 근무시간을 바꾸게 됐다. 그런데 그것을 고깝게 본 휴고가 애드손에게 시비를 건 것이다.

사실, 그 일은 엄연히 휴고의 시비로 인해 발생한 사고였다.

애드손의 딸이 갑자기 아프게 된 바람에 병원에 데려가야 했는데, 맞벌이를 하는 애드손이나 그의 부인은 딸을 병원에 데려갈 수 없었다.

그나마 종종 그런 일이 있을 때면 동료들이 애드손의 사정을 듣고 근무를 교대해주었는데, 이 날은 이를 들은 휴고가 애드손에게 시비를 건 것이다.

물론, 휴고의 말도 틀린 것은 아니다.

다른 동료도 열심히 근무를 했기 때문에 비번인 날은 휴식을 취해야 하는 것이 맞다.

그렇지만 애드손이 휴고의 비번일 때 그에게 부탁을 한 것도 아니고, 다른 동료와 이야기를 하는 도중에 끼어들어 다툼을 벌인 것이다.

하지만, 그 일로 애드손은 직장을 잃어야만 했다.

이것은 누가 봐도 불합리한 일이었지만, 괜히 그 문제에 끼어들었다가 자신도 직장을 잃을 수도 있기에 다른 사람들은 나서서 따지지 못했다.

그때의 일이 생각난 조셉은 기분이 찝찝했지만, 그냥 못 들은 척 넘기기로 하고 자리를 떠났다.

조셉이 자리를 뜨자, 안보는 척 하고 있던 휴고는 얼른 지하 주차장으로 이어지는 차단기를 올렸다.

휴고가 차단기를 올리기 무섭게, 차단기 앞에 정지하고 있던 흰색 밴은 빠르게 지하 주차장으로 사라졌다.

그리고 휴고는 흰색 밴이 지하 주차장으로 사라진 다음, 차단기를 내리고는 아무 일도 없었던 것처럼 의자에 앉아 신문을 보기 시작했다.

원칙대로라면 조셉이 하지 못한 차량검문을 그가 해야 했음에도 불구하고, 무엇 때문인지 그는 아무런 행동도 취하지 않고 밴을 그냥 통과시켰다.

Chapter 4

불길한 예감

공연은 아직 시작 전이었지만, 바클레이스 센터에 운집한 사람들은 벌써부터 흥분된 표정으로 동행한 사람이건 아니건, 공연을 보러 온 자기 주변 사람들과 웃고 떠들며 즐거워하고 있었다.

하지만, 공연을 보러 온 모든 사람들이 오늘 공연을 기대하며 웃고 떠든 것은 아니었다.

짙은 선글라스에 깊게 후드를 뒤집어쓴 사내.

사내는 즐거워하는 주변 사람들을 보며 서 있었다. 그러다가 주변을 살피던 그는 뭔가에 홀린 듯 힘없는 걸음으로 어디론가 향했다.

그런데 걸어가는 그의 모습이 왠지 위험해 보였다. 후드를 뒤집어쓴 것도 모자라 감기라도 걸린 것인지 마스크까지 하고 있었다.

얼굴을 알아볼 수는 없었지만, 그가 힘없이 터벅터벅 걸어가는 모습을 보노라면 정말이지 어두운 기운을 풀풀 풍기고 있어서, 이를 지켜보는 사람들로 하여금 위험한 느낌을 주기에 충분했다.

그때분인지, 남자가 걸어갈 때면 사람들이 이야기를 나누고 있다가도 흠칫 놀라며 자리를 비켜주고는 했다.

그렇지만 사내는 그런 사람들의 태도에도 아무런 반응 없이 자신이 가고자 하는 방향으로 계속해서 걸어갈 뿐이었다.

* * *

오늘 공연을 위한 최종 리허설을 마친 로열 가드는 자신들의 대기실에서 쉬고 있었다.

리허설을 하면서 무대의 안전 상태나 음향 장치를 점검하며 부족한 부분도 조정했다.

아침부터 나와 공연 순서와 안무의 동선 등을 체크하면서 리허설을 마쳤다.

한 시간 뒤면 로열 가드의 미국 데뷔 전미 투어, 그 마지막 공연이 무대에 오르게 된다.

그때문에 로열 가드 멤버들은 각자 자신들의 습관대로 공연을 위한 정신 집중을 하고 있었다.

누구는 과일이나 에너지 바 같은 간식으로 체력을 보충하고, 누구는 음악을 들으며 긴장감을 풀었다. 수현은 조용히 독서를 하면서 안정을 취하고 있었다.

그런데 순간적으로 밀려드는 편두통에 수현은 자신도 모르게 미간을 찌푸렸다.

"음!"

오른쪽 이마와 관자놀이의 중간을 짚은 수현은 편두통과 함께 불길한 예감이 들었다.

공연 도중에 뭔가 큰 사고가 발생할 것만 같은 그런 느낌.

그와 함께 온몸이 불타는 것 같고 몸 어딘가를 칼로 찌르는 듯한 느낌도 들었다.

찌르는 듯한 느낌이 드는 곳을 확인하기 위해 입고 있던 티셔츠를 들어 올렸다.

그런 그의 눈에 들어온 것은 바로 작년에 중국에서 왕푸첸이 쏜 총에 맞은 옆구리 부분이었다.

'뭐지?'

왕푸첸에게 당한 부상 부위에서 찌릿한 통증을 느낀 수현.

수현은 편두통과 총격을 받은 부위에서의 통증, 그리고 몸 전체로 느껴지는 열기에 뭔가 불길한 일이 일어날 것만 같은 예감에 휩싸였다.

덜컹!

수현이 불길한 예감에 고민을 하고 있을 때, 대기실 문이 열리며 누군가 들어왔다.

"수현아, 누가 널 보고 싶다는데?"

로열 가드가 있는 대기실의 문을 연 사람은, 다름 아닌 로열 가드의 총괄 매니저인 전창걸이었다.

'누가……?'

"네, 들여보내 주세요."

보통 공연을 앞둔 가수는 관계자 외에는 누군가를 따로 만나는 것을 피한다.

아니, 관계자도 공연을 앞두고는 가수의 집중을 방해하지 않기 위해 대부분 접촉을 줄인다.

그런데 전창걸의 말을 들어보면, 관계자가 아닌 것이 분명한데도 누군가를 데려왔다는 것이 의아했다.

대기실 입구에 서있던 전창걸이 자리를 비켜주자, 그의 뒤로 마스크를 한 채 후드를 깊게 눌러 쓴 사내가 안으로 들어왔다.

'응? 아!'

마스크를 하고 후드로 얼굴을 가린 사내의 모습이 처음에는 의아했지만, 수현은 금방 그가 누군지 깨달았다.

"부장님, 얘들아! 잠시 자리 좀 비켜줄래?"

수현은 등장한 사내의 정체에 대해 궁금해 하는 동생들에게 자리를 비켜줄 것을 부탁했다.

물론, 수현이 그 사내를 데리고 다른 곳으로 갈 수도 있다.

하지만 그는 자신을 보기 위해 이곳까지 찾아왔다. 그리고 조금 전 느꼈던 불길한 예감을 이곳에서 확인해보기 위해 일부러 전창걸과 로열 가드 멤버들에게 양해를 구한 것이다.

수현의 부탁에 전창걸은 잠시 자신을 따라온 남자를 쳐다보다가 로열 가드 멤버들과 함께 대기실을 빠져나갔다.

탁!

로열 가드의 막내인 윤호가 마지막으로 빠져나가며 수현과 사내가 이야기를 할 수 있도록 대기실 문을 닫고 나갔다.

"와서 앉아."

수현은 사내를 보며 자신의 앞에 있던 의자를 권했다.

수현의 태도에 사내는 잠시 수현을 말없이 쳐다보다가 수현이 가리킨 의자에 가서 앉았다.

"무슨 일로 날 보자고 한 거지?"

수현은 단도직입적으로 무엇 때문에 자신을 찾아온 것인지 물었다.

한편, 수현의 질문을 받은 사내는 당황했다.

꽁꽁 싸맨 자신의 정체를 알아볼 수 없었을 텐데, 눈앞에 있는 수현은 마치 자신의 정체를 알고 있다는 듯이 행동했다.

자신의 정체는 묻지도 않고 무엇 때문에 찾아 왔는지를 질문하고 있기 때문이었다.

"내가 누군지는 알고나 하는 말이야?"

혹시나 하는 생각에 사내가 물었다.

"그렇게 감춘다고, 네가 저스트 비버란 것을 내가 모를 것이라고 생각했나?"

아무런 감정도 섞이지 않은 수현의 담담한 목소리는 이를 듣는 저스트로 하여금 두려움을 느끼게 했다.

스윽!

수현의 말에 저스트는 아무런 대답도 하지 않고 얼굴을 가리고 있던 후드와 선글라스, 그리고 마스크를 벗어 테이블 위에 올려놓았다.

"어떻게 알았지?"

변장을 하고 여기까지 오는 동안 아무도 알아보지 못했다.

로열 가드의 총괄 매니저도 자신이 정체를 말하기 전까지는 알지 못했다.

그런데 수현은 아무도 알아보지 못한 자신의 정체를 꿰뚫어 본 것이다.

저스트의 질문을 받은 수현은 자신도 모르게 웃음이 나왔다.

피식!

조금 전 일었던 불안감은 어디론가 사라지고 없었다.

"드라마만큼은 아니지만, 난 상당한 수준의 무술 마스터다."

변장까지 하고 자신을 찾아온 저스트를 보며 수현은 왠지 그를 놀려주고 싶은 생각이 들어 자신도 모르게 농담을 했다.

하지만 저스트는 그런 수현의 말을 농담으로 받아들이지 못했다.

그도 그럴 것이, 수현은 살인 곰이라 불리는 그리즐리 베어도 눈빛만으로 쫓아낸 사람이지 않은가. 더욱이 데일리 카슨 쇼에서 수현에 대한 이야기를 할 때, 쇼를 위해 사육된 사자를 스튜디오에 데려와 대면을 시키기도 했다.

비록 어려서부터 사육사에게 길러진 사자고 쇠사슬로 목줄을 하고 있어 위험하지 않다고는 하지만, 짐승은 언제든지 생각지도 못한 행동을 할 수 있다.

그런데 사육사를 따라 스튜디오에 나온 사자는 전혀 그런 돌발행동을 하지 않았다.

아니, 돌발행동은 있었다. 어떤 것인가 하면 그것은 바로, 자신이 마치 개라도 된 것마냥 수현 앞에서 재롱을 부렸던 것이다.

스튜디오에 나온 사자는 어려서부터 사육사의 손에서 자란 탓에 인간과 친하기는 했지만, 전에는 절대로 그런 행동을 보이지 않았다고 했다.

그때문에 사자를 데려온 사육사도 깜짝 놀랐다.

강아지들과 함께 자란 고양이나 다른 초식 동물들이 그런 행동을 보일 때가 있다고는 하지만, 사자처럼 크고 포식자인 맹수가 그런 행동을 보인다는 것은 지금까지 학계에 보고된 바가 없기에 더욱 놀랐다.

하지만 사자 입장에선 너무도 당연한 일이었다.

수현에게서 발산되는 기운이 사자를 상회하는 포식자에게서만 느껴지는 기운이었기 때문이었다.

그때문에 사자는 수현을 자신보다 서열이 높은 우두머리로 인식했다. 그래서 굴종의 모습을 보인 것뿐이었다.

그러한 것을 모르는 스튜디오에 있던 사람들은 맹수인 사자가 수현 앞에서 재롱을 부리는 모습이 너무도 이질적으로 보였기에 황당한 표정을 지었다.

그러한 모습이 카메라를 통해 전파를 타고 TV로 송출되었고, 이것을 본 사람들도 크게 놀랄 수밖에 없었다. 그렇게 놀란 사람들 가운데는 저스트도 있었다.

그런데 지금 수현과 독대를 하고 있는 저스트는 당시 사자가 느끼던 감정을 현재 그대로 느끼고 있었다.

조금 전, 불길한 느낌에 한껏 감정이 고조된 상태에서 저스트가 수현을 찾아왔기에 수현이 끌어 올린 기운을 고스란히 맞았던 것이다.

한편 수현은 꽁꽁 싸맨 저스트가 대기실에 들어올 때, 약간의 이질적인 느낌을 받았다.

부정적인 기운을 풍기며 들어온 그를 보며 조금 전 느꼈던 불길한 느낌을 비교해 보았지만, 저스트에게서 느껴지는 느낌은 너무도 하찮은 것이었다.

그렇기에 저스트를 대할 때 별로 긴장을 하지 않았다.

그런 수현의 태도에 저스트는 조용히 그를 쳐다보다가 물었다.

"넌… 이렇게 승승장구하는데, 난 왜 이렇게 된 거지?"

지금 저스트가 한 말은 수현에게 하는 것인지, 아니면 본인에게 하는 자조적인 말인지 정확히 분간이 되지 않는 질문이었다.

하지만 이를 들은 수현은 조용히 저스트의 얼굴을 보다 대답을 해주었다.

"그건, 네가 다른 사람들을 진실로 대하지 않았기 때문이다."

수현은 저스트에게 그가 팬들이나 그와 협력하는 사람들을 대할 때, 진실을 담아 대하지 않고 그저 자신의 인기에 취해 겉으로만 위하는 척했기 때문에 몰락한 것이라고 말했다.

그것이 거짓이란 것이 밝혀지면서 그를 지지하던 팬들이 떠나고, 그와 함께 작업을 하던 사람들이 더 이상 그와 함께하길 싫어하게 됐다고도 했다.

하지만 저스트는 수현의 말을 그대로 받아들이기가 힘들었는지 고함을 질렀다.

"아니야! 난 그들을 진실로 대했어!"

"그래? 그런데 어떻게 그때, 그런 말을 한 거지?"

수현은 저스트의 큰소리에도 불구하고 담담하게 물었다.

"그, 그건… 젠장!"

수현의 질문에 저스트는 아니라고 말을 했지만, 그에 대한 반박을 할 수가 없었다.

생각을 해보니, 수현의 말이 맞는다는 것을 깨달은 것이다.

물론, 자신도 처음부터 그리했던 것은 아니었다.

인기 스타가 되고 싶어 오디션 프로그램에 출연을 하고, 그곳에서 좋은 성적을 내면서 매니저인 로렌스 하트를 만났다. 그가 가르쳐 주는 것들을 따르면서 인기를 얻고, 많은 뮤지션들을 만나 그들과 작업을 하면서 저스트는 스타가 되었다.

그 당시에는 모든 이들과 진솔한 관계를 맺으며 그렇게 대했다.

인기를 얻어서 스타가 된 후에는, 자신이 받았던 도움들을 자신과 같은 상황에 처한 재능 있는 신인들에게 주면서 인기는 더욱 높아져만 갔다.

하지만 어느 순간, 팬이나 다른 뮤지션들을 진솔하게 대하던 저스트 비버는 사라지고, 인기에 취하고 술과 약물에 찌든 저급한 존재만이 남았다.

물론 얼마 전까지만 해도, 자신의 내면에 쌓인 가식을 겉으로 드러내지 않고 잘 숨겼었다.

그렇지만 얼마 안가 다른 뮤지션에 대한 열등감을 숨기지 못하고 질투에 눈이 멀어 밖으로 쏟아냈다.

그 결과, 자신의 행동이 고스란히 부메랑이 되어 자신에게 되돌아왔다.

친구라 여기던 이들도, 자신의 숨겨진 본성이 밝혀지면서 더 이상 자신을 찾지 않았다.

자신을 열렬히 지지하던 팬들도 더 이상 남아 있지 않았다.

남은 이들이라고는, 자신을 비난하던 악플러들 뿐이었다.

언제나 내 편이 되어줄 것만 같던 가족마저 곁을 떠나 캐나다로 갔다.

자신의 편이 다 사라지고 나서야 정신을 차린 저스트는 모든 것을 바꾸려고 노력했다.

심리치료사와 변호사를 섭외하고는 알코올 중독 재활 센터에도 등록해서 제 발로 들어갔다.

그렇게 재활을 하고 사회로 나왔지만, 상황은 바뀐 것이 없었다.

그래서 자살까지도 생각해 보았다. 하지만 자살을 하려는 순간, 화가 나기 시작했다.

자신이 한 일이 얼마나 큰 잘못이기에 이렇게까지 구석으로 몰려야만 하는가.

그것이 얼마나 큰 잘못이라고 스타인 자신을 이렇게까지 비난하는가.

그러다가 자신이 이렇게 된 것은 모두 수현 때문이란 생각이 들었다.

작년, 전미 레코드 예술과학 아카데미가 주최하는 연말 파티.

이전에는 일면식도 없던 수현을 그날 처음 보았다. 물론 첫인상은 그리 좋지 못했다.

그도 그럴 것이, 처음 수현을 봤을 때가 자신의 연인이었던 셀레나와 싸우고 있을 때였기 때문이었다.

당시 수현은 셀레나와 자신 사이에 끼어들었다. 그리고는 자신을 모욕했다.

더욱더 참을 수 없는 것은 그 일이 있은 뒤, 자신과 헤어진 셀레나가 앞에 앉아 있는 수현과 연인이 되었다는 사실이었다.

물론, 자신 또한 셀레나와 결별을 하고 새로운 연인이 생겼으니 그건 넘어갈 수 있었다.

하지만 왠지 수현을 볼 때면 화가 났다.

별거 없는 동양인이 자신과 비교되고, 승승장구를 하는 모습에 질투가 일었다.

더욱이 자신에 관한 뉴스는 언제나 안 좋은 베드 뉴스인데 반해, 수현과 연관된 뉴스는 언제나 화기애애한 굿 뉴스뿐이었다.

그래서 그런지 수현을 향해 걷잡을 수 없는 질투심이 일었고, 그날 라스베이거스에서 흥분을 해 큰 실수를 했다.

그 뒤로 안티들은 더욱 날뛰며 자신과 수현을 비교했다.

"모든 것은 자신이 행한 그대로, 부메랑이 되어 되돌아오지. 그렇기 때문에 특히 연예인들은 더욱 자신의 말과 행동을 조심할 필요가 있는 거야."

수현은 이야기를 하면서 저스트의 두 눈을 직시했다.

그런 수현의 눈빛에 저스트는 자신이 작아지는 느낌을 받았다.

어린 시절 자신이 잘못했을 때, 꾸짖던 아버지의 그 눈빛과 비슷했다.

생각해 보면 수현은 자신과 몇 살 차이도 나지 않았다.

그럼에도 생각하는 것이나 분위기는 자신과 비교할 수 없을 정도로 거대했다.

"우리 같은 스타들은 권력자가 아니야."

수현은 자신들은 권력자가 아니란 말로 운을 뗐다.

"우리를 지지하는 팬들은 절대로 우리 밑에 있는 이들이 아니야. 오히려 그들은 우리가 찬양해야 할 존재들이지."

자신을 빤히 바라보고 있는 저스트가 무슨 생각을 하는지는 관심도 없다는 듯, 수현은 가수나 배우들이 팬들을 어떻게 대해야 하는지에 대한 자신만의 철학을 차분히 이야기했다.

이는 단순히 팬과 가수의 관계가 아닌, 인간과 인간의 관계이기도 했다.

"팬들이 네 노래를 즐거워하는 것에 고마워하고, 네 노래를 들어주는 것에 감사를 해야만 해. 그래야 네가 다시 재기할 수 있을 거고. 하지만…….”

수현은 저스트가 현재 처한 상황을 빗대 이야기를 하기 시작했다.

“계속해서 네가 거짓으로 팬과 사람들을 대한다면, 넌 영원히 예전으로 돌아가지 못할 거야.”

마치 예언자가 예언을 하듯, 수현은 그렇게 저스트의 앞날에 대해 이야기했다.

“정말… 내가 재기할 수 있다고 생각해?”

수현의 이야기를 들은 저스트의 귀에는 다른 말이 하나도 들어오지 않았다.

오로지 하나. 재기할 수 있다는 말뿐이었다.

“물론 조금 전에도 이야기를 했지만, 네가 진실로 반성을 하고 팬들에게 다가간다는 전제하에서만 가능한 이야기지.”

“정말 가능하다고?”

“그래. 하지만 처음부터 쉽지는 않을 거야. 네가 진실로 다가간다 해도, 처음에는 그 모습을 또 다르게 오해를 할 수도 있지. 그래도 네가 계속해서 진실로 호소한다면, 언젠가는 팬들도 네 마음을 알아주게 될 거다.”

“음…….”

저스트는 수현의 이야기에 고민을 하기 시작했다.

현재 그의 상태는 최악이었다.

그 많던 친구들도 이제는 자신의 곁을 떠났고, 모래알만큼이나 많던 팬들도 파도에 쓸린 모래성처럼 다 흩어져 버렸다.

남은 것이라고는 다년간 활동을 하면서 모은 돈 뿐이다.

하지만 그것도 이젠 반의반도 남지 않았다. 대부분이 소송과 변호사 선임 비용으로 날아가 버렸다.

참으로 부질없는 것인데 무엇 때문에 그렇게 악착같이 돈을 벌려고 했으며, 진정한 친구도 아닌 이들과 친해지겠다며 매일같이 술과 약을 섞은 파티를 했는지… 이해할 수가 없었다.

그렇지만 방금 전, 수현의 이야기를 들은 뒤 저스트는 많은 것을 깨달았다.

그러면서 언제 자신이 그렇게 인기를 얻었으며, 어떻게 해서 안티들이 생기기 시작했는지를 생각해보았다.

결론은 쉽게 나왔다. 그것은 수현의 말처럼 바로 자신이 진실이 아닌 거짓으로 팬들을 대하면서 안티가 늘었다는 것이었다.

"아!"

그것을 깨닫자, 저스트는 자신도 모르게 탄성을 질렀다.

뭔가 깨닫는 것이 있다 보니 새로운 악상이 떠올랐다.

저스트는 순간적으로 이곳이 어떤 곳이고, 자신이 무엇 때문에 이곳에 왔는지를 잊어버렸다. 주변을 둘러보다 종이를 발견하고는 그곳에 방금 전 떠오른 악상을 그려내기 시작했다.

한편, 수현은 갑자기 탄성을 지르다가 종이에 뭔가를 그리는 저스트를 보며 그저 조용히 그것을 지켜볼 뿐이었다.

*　　　*　　　*

허심탄회한 대화를 나누고 쌓인 감정을 푼 저스트는 자리에서 일어났다.

물론, 사과하는 것도 잊지 않았다.

덜컹!

대기실 밖에서 수현과 저스트 사이에 무슨 일이 있을지 몰라 대기하고 있던 로열 가드 멤버들은 저스트가 대기실에서 나왔을 때 깜짝 놀랐다.

사실 전창걸이야 수현을 만나러 온 사람이 누군지 알고 있었지만, 다른 멤버들은 꽁꽁 싸맨 얼굴 때문에 대기실에 있던 사람이 저스트 비버였다는 사실을 알지 못했다.

그때문에 대기실에서 톱스타인 저스트 비버가 나오자 깜짝 놀란 것이다.

물론 요즘 들리는 저스트에 대한 소문 때문에 그가 예전만 못하다는 것은 잘 알고 있었지만, 그것과는 별개로 로열 가드 멤버들에게는 아직까지 저스트는 세계적인 톱스타였다.

그래서 저스트가 돌아간 후, 전창걸과 로열 가드 멤버들은 급히 수현이 있는 대기실로 들어가 저스트가 무엇 때문에 그를 찾아온 것인지 물어보았다.

"무슨 일로 왔다고 하든?"

"형! 저스트 비버가 무엇 때문에 형을 찾아온 거예요?"

가장 먼저 질문을 한 사람은 총괄 매니저인 전창걸이고, 나중에 물어본 사람은 윤호였다.

"별거 아냐."

수현은 저스트와의 일을 얼버무렸다.

굳이 다른 사람에게 알려져 봐야 좋을 것이 없는 내용이기 때문이었다.

"그나저나, 부장님!"

수현은 저스트와의 일을 다른 사람에게 알리기 싫어서 사람들의 관심을 돌리기 위해 전창걸을 불렀다.

“왜? 무슨 할 말이라도 있나?”

“네. 그게… 오늘이 저희 투어 마지막이잖아요.”

“그렇지.”

“그래서 그런지 이상하게 조금 전부터 불길한 예감이 들어서요.”

수현은 최종 리허설을 마치고 대기실에서 휴식을 취하고 있던 중, 갑자기 사고가 터질 것만 같은 예감이 든 것을 상기하며 전창걸에게 이야기를 했다.

“저희의 첫 미국 투어의 마지막 날인데, 이상하게 사고가 날 것만 같은 예감 때문에 집중이 안 되네요.”

조심스러운 말로 전창걸에게 조금 전의 불길한 예감에 대해 이야기를 하는 수현.

수현의 이야기를 들은 전창걸은 그 말을 흘려듣지 않았다.

지금까지 로열 가드의 스케줄을 관리하면서 종종 수현이 이런 비슷한 말을 할 때가 있었는데, 그럴 때면 여지없이 무슨 일인가 벌어졌다.

다행히 로열 가드의 리더인 수현의 말이기에 그냥 무시하지 않고 대비를 하여 큰 사고를 막을 수 있었다.

믿기지 않는 일이지만, 수현 뿐만 아니라 연예인 중에도

감이 좋은 사람들은 종종 사고를 예언하는 말을 하기도 했다. 그래서 그런 불길한 예감을 흘려듣지 않고 대비를 하여 사고를 피했다는 이야기가 연예계에 알음알음 퍼져 있었다.

그러니 전창걸은 수현이 하는 이야기를 쉽게 흘려들을 수가 없었다.

더욱이 요즘엔 이슬람 과격 테러단체들이 유럽 등지에서 기승을 부리고 있었다.

또한 미국이라고 사고가 없는 것이 아니었다.

얼마 전에는 오클라호마의 고등학교에서 그곳에 다니는 학생이 동기 학생들과 선생님들을 향해 총기를 난사하는 사건도 있었고, 작년 크리스마스에는 시카고의 극장에서 한 정신병자가 영화를 보고 있던 사람들을 향해 자동소총을 난사한 사고도 있었다.

그러니 로열 가드의 공연이라고 마냥 안심할 수는 없었다.

한국이야 총기나 무기 규제가 심하고 치안이 잘 발달된 나라라 굳이 공연에서 그런 것을 걱정할 필요가 없지만, 이곳 미국은 총기 구입과 휴대가 자유로운 나라다.

총기 소지에 대한 나이 제한을 두고는 있지만 만 15~16세만 되어도 소지할 수 있으며, 몇몇 주에서는 초

등학생조차 총기를 보유하는 데 아무런 문제가 없다.

하지만 요즘엔 총기 난사 사건이나 불특정인을 향한 총기 발사 사건이 자주 발생하다 보니, 일각에선 총기 소지에 대한 규제가 필요하다는 목소리가 나오기도 했다.

그렇지만 엄청난 이권이 관계된 일이기에, 총기를 생산하는 총포 협회의 로비로 매번 불발로 그쳤다.

그러다 보니 테러리스트도 신분을 숨기고 쉽게 총기류를 구할 수 있기 때문에, 미국 내에서도 테러가 발생할 위험이 다분했다.

이러한 사실을 알기에 전창걸은 심각한 표정이 되더니 고개를 끄덕였다.

"보안 책임자에게 말해서 한 번 더 공연장 안팎을 돌아보라고 이야기를 해보마!"

"네!"

전창걸은 그렇게 이야기를 하고 대기실을 빠져나갔다.

*　　　*　　　*

바클레이스 센터의 보안 책임자인 저메인은 굳은 표정으로 보안 요원들에게 지시를 내리고 있었다.

조금 전, 오늘 공연을 하는 아이돌 그룹의 총괄 책임자가 전한 이야기 때문이었다.

"게레로하고 매카슨은 출입구에서 탐지기를 통과하지 않는 사람은 절대로 들여보내지 말고, 가방을 가진 사람들은 철저하게 가방 안을 검사해! 그리고……."

네 개나 되는 검색대를 지켜보며 저메인은 길게 늘어선 줄에도 아랑곳하지 않고 지시를 내렸다.

다른 때 같았으면 자신의 지시에 불만을 토로하는 보안 요원들을 살살 달래며 적당히 검사를 완화하라고 말해 주었겠지만, 조금 전 전해 들은 이야기가 있기에 불만을 토로하는 보안 요원들의 말을 들어주지 않았다.

사실 바클레이스 센터의 보안 책임자인 그는 전창걸이 와서 이야기를 하기 전, 그러니까 바클레이스 센터에 출근을 하면서 뉴욕 경시청에서 내려온 공문을 받았다.

뉴욕 시에 대규모 테러가 있을지 모르니 경계를 강화하라는 것이었다.

특히나 오늘 아이돌 가수의 공연이 있는 바클레이스 센터나, 뉴욕 시장이 주선한 자선행사가 벌어지는 타임스퀘어 일대는 경찰들이 쫙 깔렸다.

물론 가수의 공연이 있는 바클레이스 센터보다는 중요도

가 더 높은 뉴욕 시장이나 유명인사들이 찾을 타임스퀘어에 더 많은 경찰들이 투입되었기에, 바클레이스 센터 주변에는 그렇게 많은 경찰이 나오지는 않았다.

그저 주변이 소란스럽지 않을 정도의 통제를 위해 적정의 인력만이 파견 나와 있었다.

그러니 저메인은 공연의 책임자가 와서 한 이야기도 있기에 점검 차원에서 한 번 더 보안 요원들에게 주의를 주고 있는 것이었다.

* * *

모하메드는 바클레이스 센터의 경비를 무사히 통과해 지하 주차장으로 들어왔다.

오늘 그는 동료 세 명과 함께 성전(聖戰)을 할 계획이었다.

모로코 출신의 모하메드는 스물한 살로, 콜롬비아 대학에 교환 학생으로 와있는 대학생이었다.

하지만 그는 이슬람 극단주의에 빠져 학업을 등지고 테러에 나서게 되었다.

전에는 그저 자잘한 심부름만 하는 정도였는데, 어느 정도 시간이 흐르면서 그가 자신들의 사상에 세뇌되었다는 것을 깨달은 테러 조직의 결정에 의해 테러에 직접 동원된 것이었다.

그렇게 자신도 모르는 사이 테러 조직에 동조하게 된 그는 오늘 바클레이스 센터에서 테러를 저지를 계획이었다.

그리고 테러는 이곳 바클레이스 센터에서만 벌어지는 것이 아니었다.

아니, 테러의 규모만 보면 이곳 바클레이스 센터에서의 테러는 사실 조족지혈이었다.

모하메드가 포함된 조 외에도 두 개의 조가 다른 곳에서 테러를 벌일 계획인데, 그들은 숫자만 해도 이곳 바클레이스 센터로 온 세 명보다 많은 다섯 명과 여덟 명으로 구성된 팀이었다.

사실, 모하메드를 포함한 세 명은 뉴욕 경찰의 시선을 돌리기 위한 미끼일 뿐이었다.

그것도 모르고 모하메드와 그의 친구들은 자신들이 하는 짓이 어떤 것인지도 인지하지 못한 채, 그저 핍박받는 동족들을 위한 성전이라고만 믿고 있었다.

"파티마, 세이드."

"응."

"왜, 모하메드?"

모하메드의 호명에 파티마와 세이드는 낮은 목소리로 대답을 했다.

"오늘 여기서 많은 사람들이 죽겠지만, 그것은 모두 외세에 핍박받는 동족들을 위한 어쩔 수 없는 희생이라고 생각해라!"

모하메드는 말을 하면서도 자신의 말에 굳은 표정이 되는 파티마를 보며 더욱 힘주어 이야기를 했다.

사실 파티마는 테러 조직에 협조를 하고는 있었지만, 이렇게 민간인들에 대한 테러에 완전히 동조하고 있지는 않았다.

그녀는 남자 친구인 모하메드 때문에 어쩔 수 없이 그를 따라나선 것이지, 테러가 좋아서 나선 것은 아니었다.

그러한 사실을 알기에 모하메드가 파티마를 보며 그러한 이야기를 하는 것이었다.

"폭탄은 정확히 공연이 시작되고 30분이 지난 뒤에 폭발하도록 타이머를 맞췄어."

자신들이 타고 온 트럭 뒤에 실린 폭탄을 돌아보며 모하메드는 굳은 표정으로 설명을 했다.

"그러니 폭탄이 터지기 전에 이곳을 빠져나가야 돼!"

자꾸만 변해가는 모하메드의 모습에 더욱 걱정이 된 파티마가 그에게 조심스럽게 물었다.

"넌 어쩌려고?"

"난 상황을 보다 목표가 빠져나가는지 확인을 하고 마무리할 거야!"

오늘 이들의 테러는 유럽에서 벌어지는 테러와는 다르게 확실한 목표가 있었다.

조직의 상부에서 내려온 지시에 의하면, 오늘의 목표는 바클레이스 센터에서 공연하는 가수들을 처리하는 것이었다.

요즘 한창 주가를 올리고 있는 그룹이며, 특히나 그중 한 명은 미국에서 영웅으로 불리는 사람이다. 때문에 그를 처리하는 것이 바로 이들의 목표였다.

타임스퀘어에 모여 있을 뉴욕의 유력 인사들과 바클레이스 센터에서 공연을 하는 미국의 영웅, 그리고 미국을 상징하는 자유의 여신상이 오늘 모하메드와 그가 속한 조직이 벌이는 테러의 타깃이었다.

물론 그중에서도 타임 스퀘어에서 벌어질 뉴욕 시장과 유력 인사들에 대한 테러가 가장 큰 목표였고, 그 다음은 미국을 상징하는 랜드 마크인 자유의 여신상이었다.

사실 자유의 여신상은 미국에서 만들어진 것이 아니라 프랑스에서 만들어져 미국에 전달된 것이다. 하지만 미국하면 가장 먼저 떠올리는 것이 바로 자유의 여신상일 정도로, 자유의 여신상은 상징하는 바가 컸다.

하루에만 수천 명의 관광객이 몰리는 자유의 여신상은 그 의미나 상징성만으로도 테러의 대상이 되기에 충분했다.

그렇기에 그 두 곳에는 바클레이스 센터보다 더 많은 인원이 투입 되었다.

그러니 바클레이스 센터에서의 테러는 성공을 하건 실패를 하건, 조직에서는 별로 신경을 쓰지 않을 것이다.

그럼에도 모하메드는 자신에게 주어진 명령을 수행하기 위해 남기로 결정 했다.

파티마와 세이드도 결의에 찬 목소리로 모하메드에게 말했다.

"그럼 나도 남겠어!"

"그래, 우리도 남아서 성전을 수행할 거야!"

파티마와 세이드는 자신들도 성전을 수행할 것이라며 강하게 말했다.

Chapter 5

지하 주차장의 폭탄 차량

두근! 두근!

아무리 진정을 해보려 해도 좀처럼 진정이 되지 않았다.

저스트 비버가 찾아 왔을 때만 해도 이렇게까지 불안하진 않았는데, 그가 대화를 하고 돌아가자 다시금 불안감이 떠오르더니 시간이 지날수록 고조되었다.

“왜? 무슨 일인데 그래?”

전창걸은 아까부터 이상한 모습을 보이는 수현을 보며 물었다.

그동안 자신이 보아온 수현의 모습은 전혀 이렇지 않았기에 너무도 이상했다.

막말로 중국에서 총에 맞았을 때도 이런 모습을 보이지는 않았다.

당시, 매니저인 용근으로부터 뒤늦게 수현의 총격 소식을 접하고 킹덤 엔터에서는 난리가 났었다.

그때문에 부랴부랴 전창걸은 텐진으로 날아갔다.

원래는 킹덤 엔터의 사장인 이재명이나 전무인 김재원 등의 고위 관계자들이 모두 총출동하는 사태가 벌어질 뻔했지만, 너무도 담담한 수현의 만류에 로열 가드의 총괄 매니저인 전창걸만이 잠시 중국으로 넘어와 수현의 상태를 확인하고 돌아갔다.

아니, 그때뿐만이 아니라 그 이전 필리핀에서 쓰나미를 겪을 때에도 수현은 평상시 그대로였다.

보통 그런 일을 겪게 되면 어떤 식으로든 흥분해 평소와 같은 모습을 보이지 못하는 것이 일반적이지만, 수현은 오히려 반대였다.

더욱 냉정하게 상황을 판단했고, 흥분하려는 다른 사람들을 독려해 안정을 찾게 도움을 주었다.

그런데 지금은 그때의 침착하고 냉정한 리더의 모습은 온

데간데없고, 뭔가에 쫓기는 짐승 마냥 불안해하고 있었다.

이런 수현의 낯선 모습에 전창걸이나 매니저들 그리고 로열 가드 멤버들도 점점 이상한 기분이 들었다.

"부장님, 보안 요원들에게는 모두 전달하셨죠?"

"그래, 책임자에게 모두 말했다. 한 번 더 주변을 살펴달라고."

"잘하셨어요… 후우!"

전창걸의 이야기를 들은 수현은 잘했다는 말과 함께 잠시 한숨을 크게 내쉬었다.

하지만 그것도 잠시, 갑자기 자리에서 벌떡 일어났다.

"불안해서 안 되겠어요. 잠시 산책 좀 하고 올게요."

수현은 자꾸만 밀려드는 불안감에 자리에서 일어나며 말했다.

"흐음, 그럼 사람을 붙여줄 테니 그 사람들과 함께 다녀라!"

미국 에이전시의 권유를 받아 킹덤 엔터는 로열 가드 전미 투어의 안전을 위해 따로 경호원들을 고용했다.

사실, 국내에서도 로열 가드는 어디를 가던 경호원 없이는 움직이지 않았다.

대단한 인기 때문에 많은 팬들이 몰리다 보면, 몇 명의 매니저만으로는 감당이 되지 않았기 때문이었다.

치안이 그 어느 나라보다도 철저한 한국에서도 이럴진대, 하물며 총기 규제가 느슨한 미국에서는 슈퍼스타가 아니라도 경호원을 쓰는 것은 당연한 일이었다.

더군다나 작년부터 불기 시작한 수현 열풍과 올해 초 인기스타인 셀레나 로페즈와의 스캔들 이후, 사람들은 수현에 대해 더욱 알고 싶어 했고, 그러다 보니 이를 쫓는 파파라치들도 더욱 많아졌다.

파파라치들은 때와 장소를 가리지 않고 불법까지 행해가면서 수현에 대한 사진을 찍으려고 광분했다.

그때문에 사고가 날 뻔한 일이 한두 번이 아니었다.

그러니 어디를 가더라도 경호원은 필수였고, 그것은 이곳 공연장이라도 마찬가지였다.

*　　　*　　　*

부르스 웨인과 척 웨버는 갑작스러운 의뢰인의 요청에 고개를 갸웃거렸다.

그동안 많은 경호 의뢰를 수행해 보았지만 오늘처럼 황당한 일은 처음이다.

보통 스타들이 공연장에 도착하고 공연 준비에 들어가게 되면, 사실 경호원들의 업무는 그리 많지 않았다.

실질적으로 휴식시간이나 마찬가지였다.

왜냐하면 의뢰인인 연예인이 공연장 밖으로 나갈 일이 거의 없기 때문에, 대기실 복도나 무대 뒤에서 대기만 하면 되었다.

무대와 대기실을 오갈 때만 함께 움직이면 되는 것이니 조금은 편했다.

하지만 방금 전 의뢰인 측에서 다른 지시가 떨어졌다.

의뢰인 중 한 명과 함께 공연장 주변을 살펴달라는 것이었다.

보통 그러한 것은 현장의 보안팀에서 하는 것이 일반적이다.

이곳 바클레이스 센터는 현장의 보안 요원들이 모든 안전을 책임지고 있으니 자신들이 나서야 할 일도 없고, 연예인인 의뢰인이 할 일은 더더욱 아니었다.

그런데 그런 의뢰를 하고 나오니 이상한 생각이 들었지만, 의뢰인이 하는 요구이니 따라야만 했다.

뚜벅! 뚜벅!

“부르스.”

척 웨버는 수현의 한 걸음 뒤에서 동료인 부르스 웨인과 걸으며 낮은 목소리로 그를 불렀다.

“왜? 무슨 일인데 그래?”

귓속말로 소리죽여 자신을 부르는 척 웨버의 부름에 부르스는 고개도 돌리지 않고 대답했다.

“무슨 일인데 우리까지 불러서 이렇게 귀찮은 일을 할까?”

척 웨버는 솔직히 이해가 되지 않았다.

자신들의 일도 아니면서 굳이 무엇 때문에 이렇게 사서 고생을 하는 것인지, 그 이유를 알 수가 없기 때문이었다.

막말로 문제가 발생해도 그에 따른 손해배상을 바클레이스 센터 측에 요구하면 끝나는 일이었다.

물론 전미 투어의 마지막 공연이기에 신경이 쓰일 수는 있다.

하지만 이건 아니란 생각이 들었다.

이건 바클레이스 센터에 속한 보안 요원들이 할 일이지 자신들의 일이 아니기 때문이다.

“뭔가 우리가 모르는 정보가 있나보지. 조용히 하고 무슨 일이 생기지 않게 주변이나 살펴!”

척 웨버가 작게 불만을 토로하자, 부르스 웨인은 척의 말이 듣기 싫은지 간단하게 대답을 하고 수현의 뒤를 따랐다.

설마 동료인 부르스가 자신의 말에 그렇게 대답할 줄은 예상하지 못했기에 척 웨버는 순간 놀라며 그 자리에 멈춰 섰다.

하지만 그것도 잠시, 다시 움직여 부르스 웨인과 보조를 맞췄다.

'그렇지! 이 자식 COG 팬이었지!'

척은 동료인 부르스가 울프 TV에서 방영하던 시티 오브 가더의 광팬이란 것을 뒤늦게 생각해 냈다.

시즌 1까지만 해도 시티 오브 가더의 인기는 이 정도가 아니었다.

그저 히어로물의 흥행에 편승한 그저 그런 장르물이었다.

하지만 시티 오브 가더 시즌 1 때, 당시 영웅적인 행동으로 이슈가 되던 수현이 카메오로 몇 회 출연을 한 뒤부터 인기가 올라갔고, 시즌 2에서는 수현이 본격적으로 영웅을 옆에서 도와주는 사이드킥으로 출연을 하다 보니 그 인기가 기하급수적으로 늘어났다.

처음 기획 의도는 그저 단순히 주인공을 띄우기 위한 조연에 불과했지만, 현실과 작품의 내용이 겹치면서 이를 시청하는 시청자들에게는 다르게 느껴진 것이다.

시티 오브 가더는 원래 전적으로 주인공 조엘이 펼쳐나가는 영웅 서사시다.

하지만 수현이 카메오로 시즌 1에 출연하면서 인기를 얻어가자, 대본이 대대적으로 수정되었다.

이 때문에 그저 시즌 1에서 잠깐 언급되고 말았어야 할 수현의 역할은 비중이 높아졌고, 이제는 수현이 맡은 '마스터 현' 만의 독자적인 작품을 만들어 달라는 요구가 나올 정도였다.

그리고 그런 사람 중에 한 명이 바로 옆에 있는 부르스 웨인이라는 것을 잘 알고 있던 척은 고개를 흔들며 조용히 뒤를 따랐다.

한편 뒤에서 자신을 따라오던 두 경호원들의 대화에 잠시 귀를 기울였던 수현은 이내 그들의 이야기에서 관심을 거뒀다.

처음에는 혹시 자신의 무리한 요구에 귀찮아하지는 않을까 걱정을 했었다.

아무리 자신들이 고용한 경호원이라고는 하지만, 별거 없어 보이는 이들의 경호업무는 사실 무척이나 고된 일이다.

특히나 어디서 총알이 날아올지 모르는 미국이지 않은가. 한순간도 방심할 수가 없는 것이다.

팬이라고 해서 모든 팬이 스타에게 친절한 것은 아니다.

실제로 자신이 좋아하는 스타를 습격한 팬은 의외로 많다.

그중에는 자신이 좋아하는 스타를 총으로 쏴서 죽인 사례도 있다.

그 유명한 비틀즈의 리더이던 존 레논도 팬이 쏜 총에 맞아 사망하지 않았던가. 존을 죽인 팬도 처음부터 존을 죽이기 위해 그를 쫓아다닌 것은 아니었을 게다.

그의 노래가 좋아서, 그리고 그가 전하는 메시지에 빠져 점점 그에게 몰입했을 것이다.

하지만 나중에는 스타를 독점하고 싶다는 생각이 들었을 것이고, 그게 지나친 나머지 이상한 상상에 빠진 것이다.

자신이 좋아하는 스타가 죽어서 더 이상 볼 수 없다는 것은 괴로운 일이지만, 다른 사람과 공유하지 않고 자신의 가슴속에만 간직한다면 스타를 독점하는 것이라고 믿은 나머지 범죄를 저지른 것이었다.

이 얼마나 황당한 일인가. 자신의 팬에게 공격을 받아 사망한다는 것은 스타로서는 상상도 하기 싫은 일이다.

하지만 수현이 느끼기에 뒤에 있는 경호원, 부르스는 그 정도로 정신이 나간 정신병자로 보이지는 않았다.

그래서 관심을 끊고, 아직도 심장을 두근거리게 만드는 불안 요소를 해결하기 위해 그것을 찾는 데만 정신을 집중했다.

'점점 느낌이 강해지고 있어!'

어떻게 된 일인지는 모르겠지만, 어느 순간부터 심장에 느껴지는 압박감이 고조되기 시작했다.

그러고 얼마쯤 지나자, 그 느낌이 바클레이스 센터의 지하 주차장이 가까워질수록 강해진다는 것을 깨달았다.

'이쪽으로 가면 지하 주차장이 나올 텐데…….'

수현은 자신의 느낌이 더욱 강해졌다는 것을 깨닫고는, 두근거리는 심장이 어디를 가리키고 있는지 알게 되자 걸음이 빨라졌다.

'어? 이쪽은…….'

수현이 갑자기 걸음을 빨리 하자 뒤를 따르던 두 경호원도 고개를 갸웃거리며 걸음을 재촉했다.

그렇게 달리다시피 바클레이스 센터의 지하 주차장에 도착한 수현은 주변을 둘러보았다.

수현을 경호하기 위해 따라 나선 부르스와 척은 수현이 무언가를 찾는 듯 보이자, 그들도 주변을 둘러보며 수현이 살피는 것을 도왔다.

"잠시 여기 좀 와주세요."

조금 떨어져 수현을 돕던 척과 부르스는 수현의 부름에 얼른 그곳으로 뛰어갔다.

"여기 밴이 좀 이상한데… 이 차, 운전기사를 찾을 수 있을까요?"

수현이 발견한 것은 모하메드와 그의 일행이 타고 온 흰색 밴이었다.

겉으로는 음료 회사 마크가 그려져 있었지만, 수현은 그 밴에서 뭔가 이상한 느낌을 받고는 경호원에게 말했다.

"잠시만 기다려 보십시오."

부르스는 수현의 말에 얼른 대답을 하고는 바클레이스 센터의 보안 책임자에게 연락을 취했다.

오늘 들어올 차량 중에 음료 회사에서 납품하는 차량이 있는지 물어본 것이다.

이런 시설에서는 주기적으로 음료 회사와 계약을 하고 물품을 납품 받는다.

그렇기에 만약 오늘이 계약한 음료 회사에서 납품하는 날이라면 이상할 것이 없지만, 그렇지 않은데 납품 차량이 들어왔다면 뭔가 문제가 있음을 나타낸다.

아니나 다를까, 책임자와 통화를 한 부르스는 급하게 책임자에게 보안 요원을 요청했다.

치직!

"여긴 B—13 기둥이 있는 곳입니다. 속히 보안 요원들을 보내주시고, 차량 운전기사와 같이 온 사람들이 어디로 갔는지 알아봐 주시기 바랍니다."

현장에는 차만 덩그러니 있고 운전기사나 동승한 사람이 없었기 때문에 그들의 행방을 요구한 것이다.

치직!

— **알겠습니다. 곧 요원들을 그곳으로 보내고, 운전기사를 조회하겠습니다.**

"OK!"

부르스가 통화하는 것을 옆에서 들으며 수현은 계속해서 주변을 살폈다.

혹시나 또 다른 불안 요소가 있는지 찾아보기 위해서였다.

그런데 찾아낸 흰색 밴에서 멀어질 때면 심장을 압박하던 느낌이 점점 옅어지는 것을 깨달은 수현은 아마도 그 흰색 밴이 자신을 불안하게 만드는 원인인 것 같다는 예감이 들었다.

"아무래도 이 차량에 문제가 있는 것 같으니 얼른 외부로 치우죠."

불안한 예감이 계속해서 가시지를 않자, 수현은 급기야 차를 외부로 빼기로 했다.

비록 외부에 주차장이 없어 세워둘 곳이 마땅치는 않았지만, 괜히 불안 요소가 있는 것을 알면서도 이곳 지하 주차장에 놔두기가 불안했기 때문이었다.

타타타타!

조금 뒤, 지하 주차장으로 뛰어오는 듯한 발소리가 들렸다.

"무슨 일입니까?"

덩치가 190㎝는 되어 보이는 커다란 덩치의 흑인과 그보다는 작지만 덩치가 좋은 백인 보안 요원이 뛰어왔다.

"이 차량이 좀 수상합니다."

수현은 커다란 덩치의 흑인 보안 요원이 물어오자 바로 대답을 했다.

"이게 왜 여기 있는 거지?"

저메인은 수현이 가리킨 흰색 밴을 보며 고개를 갸웃거렸다.

차량에는 코크 사의 로고가 커다랗게 그려져 있었는데, 사실 오늘은 코크 사의 음료 배달 차량이 들어오는 날이 아니었다.

아니, 코크 사뿐만 아니라 팹스 사의 음료 차량도 그제 오후에 납품을 마쳤다.

지금은 음료 소비가 많은 시즌이 아니었기에 음료 주문도 많지 않았다.

다만 어제 오늘, 바클레이스 센터에서 가수의 공연이 있기 때문에 공연 관람객들이 소비할 물량을 예상하고 주문을 해서 미리 받았던 것이다.

즉, 오늘은 음료 차량이 들어올 일이 없다.

그리고 자신에게 보고된 것도 없었기에 저메인은 고개를 갸웃거렸다.

"잠시만 기다려 주십시오."

수현과 경호원들에게 잠시 양해를 구한 저메인은 급히 보안실로 무전을 날렸다.

치직!

"코레아! 나 저메인이다."

치직!

— 보스! 코레압니다.

저메인이 호출을 하자 무전기에서 답이 들려왔다.

"오늘 코크 사에서 음료를 납품하기로 되어 있었나?"

그는 보안실에 있던 코레아에게 오늘 음료 주문이 예정돼 있는지 문의를 했다.

치직!

— **보스, 오늘은 그런 예정이 없는데요.**

"그래? 알았어."

띠릭!

저메인은 무전기의 주파수를 조절해 유일하게 차량이 들어오는 출입구 검문소에 무전을 날렸다.

"조셉! 오늘 코크 사의 차량이 들어왔나?"

북문 검문소에서 근무하는 조셉을 찾아 그를 불러 물었다.

하지만 무전기에서 들려온 목소리는 오늘 북문 담당인 조셉이 아닌, 문제아 휴고의 목소리였다.

치직!

— **나 휴고인데, 조셉은 다른 곳으로 보냈어. 그리고 한 시간 전에 코크 사의 차량이 들어갔다.**

"뭐? 들어온 지 한 시간이나 되었다고?"

휴고의 보고를 받은 저메인은 기가 막혔다.

들어온 지 한 시간이나 되었고 차량이 그대로 있는데, 검문소에서는 아직 보고도 없었다.

“외부 차량이 들어온 지 한 시간이나 되었는데 아직도 보고를 안했단 말이야!”

저메인은 하도 기가 막혀서 소리를 쳤다.

직원들 차량도 아니고 외부 차량이 아무런 이유 없이 한 시간이나 센터 내부에 있는데, 보안실로 어떠한 연락도 없었다는 것에 저메인은 어처구니가 없었다.

“이 자식아! 보안규정을 뭐라고 생각하는 거야!”

저메인은 아무런 보고도 하지 않고 보안규정을 위반한 휴고에게 화를 냈다.

하지만 무전기 너머의 휴고는 그런 저메인의 호통에도 별로 신경을 쓰지 않는 것인지, 심드렁하게 이야기를 했다.

— **뭐, 오늘 노랑이들 공연이 있다고 하니까 그거나 구경 갔나 보지.**

무전을 통해 들려온 것은 여지없이 인종차별적인 단어가 섞인 말이었다.

저메인은 자신도 모르게 고개를 돌려 수현을 돌아보았다.

순간, 조금 떨어져 있던 수현이 혹시나 방금 전 무전 내용을 들은 것은 아닌가 하는 생각이 들었던 것이다.

‘아니겠지?’

자신과 수현이 있는 곳의 거리는 무려 10m 정도나 떨어져 있다.

혹시 소리를 들었다고 해도 지하라 소리가 울려 정확한 내용을 알 수는 없을 것이란 생각을 했다.

하지만 불행하게도, 수현의 청력은 보통사람보다 훨씬 좋아 방금 전 휴고가 한 말을 모두 들었다.

뚜벅! 뚜벅!

수현은 천천히 걸어 저메인의 곁으로 걸어갔다.

'음!'

수현이 느닷없이 자신의 곁으로 다가오자 저메인은 순간 당황했다.

"그 사람, 누굽니까?"

수현은 아무런 감정도 섞이지 않은 목소리로 물었다.

"누, 누구 말씀입니까?"

언뜻 보기에는 자신보다 덩치도 작아 보이는 수현이었지만, 그에게서 느껴지는 위압감은 결코 가벼운 것이 아니었다.

"방금 그 사람 말입니다. 그 사람, 근무 태도에 상당히 문제가 있는 것 같은데, 저희가 정식으로 이의를 제기해도 되겠습니까?"

수현은 무감각한 눈빛으로 저메인을 쳐다보며 물었다.

그런 수현의 태도에 저메인은 자신도 모르게 어금니를 깨물었다.

평소에도 근무 태도에 문제가 많던 휴고였다.

언행은 물론이고, 종종 보안 책임자인 자신에게도 보이는 그의 불량한 태도는 동료들 사이에서도 말이 많았다.

하지만 무슨 이유에서인지 그는 절대로 해고가 되지 않았다.

그저 견책이나 감봉 몇 개월 정도가 그에게 내려지는 조치의 대부분이었고, 그를 신고한 사람이 오히려 직장을 잃고 이곳을 떠났다.

그렇지만 오늘 일이 외부에 알려지게 된다면 어떻게 될지 몰랐다.

다만 확실한 것은, 보안 책임자로서 부하 직원을 제대로 감독하지 못한 자신도 책임을 져야할 것이 분명했다.

"죄송합니다. 비번인 날에 출근하게 해서 불만이 많은 것 같습니다."

저메인은 하는 수 없이 얼른 사과와 함께 변명을 했다.

하지만 변명을 하면서도 그 또한 자신의 변명이 참으로 궁색하다 생각을 했다.

*　　　*　　　*

— 차량 넘버 COKA9140 운전자는 급히 지하 주차장으로 와 주시기 바랍니다. 다시 한 번, 전달합니다. 차량 넘버…….

바클레이스 센터의 장내 스피커에서 번호판이 COKA9140인 차량의 운전자를 찾는다는 소리가 들리자, 세이드와 파티마는 긴장을 했다.

"모하메드! 우리를 찾는 것 같은데?"

세이드는 굳은 표정으로 리더인 모하메드를 보며 물었다.

테러 모의를 한 이들 세 명은 현재 바클레이스 센터에 들어올 때 입었던 코크 사의 작업복이 아닌, 청바지와 점퍼를 입은 평범한 대학생의 모습이었다.

"아직 폭탄은 발견되지 않은 것 같으니 무시해!"

그들은 바클레이스 센터에서 폭탄 테러를 일으키는 것 외에도 또 다른 목표가 있었다.

그것은 바로, 오늘 이곳에서 공연을 하는 로열 가드라는 인기 그룹을, 아니 정확하게는 로열 가드에서 가장 인기가 있는 멤버인 리더 정수현을 암살하는 것이었다.

그때문에 이들은 보다 정수현에게 가까이 다가가기 위해 평범한 복장으로 갈아입었고, 정수현을 암살하기 위해서 숨기기 편한 권총을 준비했다.

불특정 다수를 향한 테러였다면, 굳이 이런 무기를 숨기기 어려운 복장이나 권총을 준비하지는 않았을 것이다.

하지만 조직 상부에서는 바클레이스 센터의 테러 외에도 정수현을 지정 타깃으로 주었기 때문에, 보다 성공확률을 높이기 위해 가까이 가서 총을 쏠 수 있도록 변장을 해야 했다.

그리고 접근을 더욱 용이하게 하기 위해서 여자인 파티마도 함께 일행처럼 뭉쳐 있었다.

그런데 참으로 이상한 것은, 상부의 지시는 이슬람 교리와 무슬림의 행복을 위해 성전을 벌인다고 주장하는 것과는 앞뒤가 맞지 않았다.

하지만 이미 테러 조직에 세뇌가 된 모하메드는 이러한 것을 깨닫지 못하고 있었다.

그것은 파티마나 세이드 또한 마찬가지였다.

그저 맹목적으로 조직이 지시하는 것을 따르는 것만이, 그들이 주장하는 무슬림들의 자유와 행복을 이루는 길이라고만 믿었다.

*　　*　　*

"찾지 못하셨습니까?"

로열 가드의 총괄 매니저인 전창걸은 바클레이스 센터의 보안 책임자인 저메인을 바라보며 물었다.

공연 시간이 다 되어가기에 수현을 찾아 왔다가, 수현에게서 이야기를 전해 듣고는 보안 책임자인 저메인에게 질문을 하는 것이었다.

"예, 방송을 통해 계속해서 수소문을 하고는 있지만……. 아무래도 차를 버려둔 채 도망친 것 같습니다."

이미 차량 내부를 살피던 중, 짐칸에서 음료상자에 가려진 폭탄을 발견했다.

폭탄을 찾자마자 저메인은 급히 911에 신고를 했고, 그와 더불어 혹시나 바클레이스 센터 내부에 남아 있을 지도 모르는 테러리스트들을 잡기 위해 함정을 파고 방송을 한 것이다.

하지만 10분이 지나도록 아무도 나타나지 않았다.

"흐음, 어떻게 한다……."

전창걸은 저메인의 대답을 듣고 고민을 했다.

원칙대로라면 테러의 목적이 무엇인지 모르기 때문에 공연을 취소하고 팬들의 안전을 위해 모두 바클레이스 센터

밖으로 내보내야 한다.

하지만 그것이 또 애매한 것이, 저메인의 신고를 받고 출동한 경찰특공대가 주변을 샅샅이 살펴보았지만 차량 내부에서 발견된 폭탄 외에는 어떠한 폭발물도 발견되지 않았다는 것이었다.

"일단 모든 시설을 살펴본 것은 아니니, 안전을 위해 30분 정도 공연 시간을 늦추기로 하죠."

저메인이 전창걸에게 조심스럽게 제안을 했다.

원칙대로라면 공연을 취소하는 것이 맞는 조치였지만, 그렇게 했다가는 자신들의 손해가 이만저만이 아니었다.

그게 무슨 소린가 하면, 보안이 뚫린 것에 대한 책임이 자신들에게 있기 때문이었다.

원리원칙에 맞지 않는 느슨한 보안 때문에 아무런 제지도 없이 폭탄을 실은 차량이 바클레이스 센터 내부로 진입했다.

그리고 차량을 운전한 운전기사 외에도 몇 명이나 함께 들어 왔을지 모르는 테러리스트들의 행방 또한 묘연했다.

그러니 로열 가드의 공연이 취소가 된다면, 이 모든 손해에 대한 책임은 바클레이스 센터의 보안팀에 있었고, 손해배상은 바클레이스 센터의 경영진 몫이었다.

로열 가드가 공연을 위해 바클레이스 센터를 대관하면서 계약한 비용이나 공연 준비를 하면서 들어간 비용, 그리고 공연 후 수익에 대한 손해 배상 등을 감안한다면 금액은 장난이 아닌 액수가 될 것이다.

거기다가 티켓을 구입하고 이곳을 찾았던 팬들에게 공연 취소에 따라 지급해야 할 배상비용까지 생각하니, 저메인은 쉽게 공연 취소를 언급할 수가 없었다.

더군다나 이미 폭탄은 발견되었고, 그 뒤로는 어떠한 위험 물질도 발견 되지 않고 있어서 더욱 판단을 어렵게 만들었다.

막말로 또 다른 폭탄이 발견되었다면 얼마나 더 많은 숫자의 폭탄이 남아 있을지 모르기에 공연 취소를 결정할 수도 있겠지만, 현실은 그렇지 못했다.

그리고 보안 책임자이기 이전에 자신도 윗선의 눈치를 봐야 하는 월급쟁이다보니, 그러한 판단을 내리기가 힘들었다.

“알겠습니다. 이 일로 공연이 취소가 된다면 손해가 이만저만이 아니고, 또 저희 이미지가 좋지 않게 남을 수도 있으니 그렇게 하기로 하죠.”

전창걸은 한참동안 고민을 하다가 일단 공연 시간을

30분 정도 늦추는 것으로 결정했다.

공연이 있을 현장에서 폭탄이 발견되었다는 것에 불안감을 느끼면서도, 한편으로는 더 이상 폭발물이 발견되지 않고 있다는 말에 적잖이 안심이 되기도 했다.

"수현아, 너도 그만 애들에게 가봐라. 네가 남아 있어 봐야 여기 이 사람들만 피곤해진다."

바클레이스 센터의 보안 요원들은 물론이고, 다수의 경찰들도 폭발물이 발견된 지하 주차장에 모여 있었다.

그런 곳에 스타가 있으니 그들도 긴장을 하고 있었다.

만약 수현이 폭발물이 들어있는 차량을 발견하지 못했다면, 어떤 일이 벌어졌을지 상상만 해도 끔찍했다.

현재 인기가 한창 상승 중인 수현과 로열 가드다.

그뿐만 아니라 수현은 미국인들에게 영웅으로까지 불리지 않는가. 그런 수현이 테러를 당한다면 아마 난리가 날 것이다.

그러니 아직 어떠한 확신이나 결정도 나오지 않은 이곳에 수현이 남아 있는 것은 그들로서도 여간 신경 쓰이는 일이 아닐 수 없었다.

그렇기에 전창걸은 그들이 보다 빠르게 일을 처리할 수 있도록 수현을 다른 안전한 장소로 보내려는 것이었다.

"알았어요. 저도 불안한 예감에 나선 거고, 이젠 경찰들도 왔으니 이만 가볼게요."

수현도 폭탄이 설치된 차를 발견한 뒤로 자신을 불안하게 만들던 두근거림이 사라지는 것을 느끼며 큰 위험이 사라졌음을 깨달았기에, 전창걸의 말에 순순히 물러났다.

만약 그렇지 않고 계속해서 심장이 경고를 하고 있었다면, 아무리 전창걸의 말이 있고 주변에 경찰들이 많이 왔다고 해도 이렇게 물러나진 않았을 것이다.

자신의 안전과 이곳을 찾은 팬들의 안전을 위해서라도 불안 요소를 철저히 파헤쳤을 것이 분명했다.

하지만 심장의 경고도 사라졌고 더 이상의 위험은 없다는 판단이 서자, 전창걸의 말을 따르기로 결정한 것이다.

"전 이만 제자리로 돌아가 보겠습니다. 뒤를 부탁드립니다."

수현은 그렇게 경찰들과 바클레이스 센터의 보안 요원들에게 수고를 부탁하며, 로열 가드 멤버들이 기다리고 있는 대기실이 있는 곳으로 걸어갔다.

물론 수현 혼자만 간 것이 아니라 처음 수현과 같이 이곳에 왔던 경호원 두 사람도 함께였다.

Chapter 6

기묘한 느낌

— 안내 방송을 드리겠습니다. 현재 시각 5시 25분, 공연 예정 시간보다 25분이나 늦어진 점 죄송합니다. 공연 장비에 약간의 트러블이 생겨 교체를 하는 것 때문에 벌어진 일이니 양해를 부탁드립니다. 5분 뒤면 모든 작업이 마무리 된다고 하니, 본 공연은 앞으로 5분 후면 시작될 것입니다. 조금만 기다려 주십시오. 다시 한 번 양해 부탁드립니다. 감사합니다.

방송실에서 안내를 맡은 직원이 살짝 진실을 왜곡해 말하기는 했지만, 굳이 이곳에서 테러로 짐작되는 폭발물이 발견되어 30분이나 수색을 하느라 공연이 늦어졌다고 말을 할 수는 없었다.

더욱이 처음 폭발물이 발견된 차량 외에는 더 이상의 위험요소도 없다.

한편 주차장에서 발견된 차량은 외부로 견인되어 폭발물 해체 전문가가 나서서 처리를 했고, 이러한 소식이 전해지자 킹덤 엔터에서는 로열 가드의 공연을 예정대로 진행하기로 결정했다.

그리고 이를 로열 가드에 전달했다.

수현에게서 이야기를 전해 받은 멤버들은 고개를 끄덕이며 굳은 표정을 풀었다.

공연이 30분이나 늦춰지긴 했지만, 원래대로 공연을 시작한다는 결정이 떨어지기 무섭게 폭탄이 발견되었다는 말에 잔뜩 긴장했던 것과는 달리 곧바로 미국 투어의 마무리 공연을 한다는 흥분과 긴장에 젖어들기 시작했다.

똑! 똑!

덜컹!

노크 소리와 함께, 헤드셋을 착용한 스태프가 대기실 문을 열며 소리쳤다.

"무대가 준비 되었습니다. 무대 뒤로 이동하겠습니다."

로열 가드는 데뷔한 지 5년이나 지났지만, 이곳 미국에서는 신인이다.

그렇기 때문에 공연에 게스트가 없다.

신인이 하는 공연에 오프닝을 장식해줄 뮤지션은 아무도 없었기 때문에, 로열 가드의 투어 공연은 전적으로 로열 가드의 노래로만 채워져 있었다.

그러다 보니 공연 시간은 다른 유명 가수들이나 아티스트들의 공연 시간보다는 조금 짧았다.

그래도 공연을 본 팬들은 로열 가드의 공연을 보기 위해 자신들이 들였던 노력이나 비용을 아까워하지 않았다.

그만큼 로열 가드의 공연이 재미있기 때문이었다.

*　　　*　　　*

"모하메드!"

파티마는 공연이 늦어지긴 했지만 다시 시작한다는 안내방송에 불안한 표정을 지으며 연인인 모하메드를 불렀다.

"왜?"

"우리… 이대로 괜찮을까?"

시간이 갈수록 점점 불안감이 커져만 가자, 파티마는 참지 못하고 모하메드에게 물었다.

그런 파티마의 물음에 세이드도 굳은 표정으로 낮게 이야기를 했다.

"아무래도 우리 실패한 것 같아."

옆에 있던 세이드도 공연이 30분 지연된다는 안내 방송이 나간 뒤부터 불안감에 떨고 있었다. 그러다 공연을 시작한다는 안내방송이 나오자 표정이 굳어져 리더인 모하메드를 바라보고 있었다.

아직까지 한 번도 누군가를 향해 총을 쏴본 적이 없는 세이드였다. 아니, 총 자체를 잡아본 적도 없었다.

사실 모하메드를 비롯한 파티마와 세이드, 이들은 테러 조직에 가담을 하고 있기는 했지만 얼마 전까지만 해도 평범한 대학생이었다.

그러다 모하메드가 인터넷 채팅을 통해 테러 조직의 일원에게 세뇌가 되었고, 친구인 세이드와 연인인 파티마가 연류된 것이다.

이후 급하게 테러 계획이 세워지면서, 경찰들의 시선을 분산시키기 위해 테러 조직에선 이들까지 동원하게 되었다.

원칙대로라면, 사실 포섭된 지 얼마 되지도 않는 이들까지 이런 일에 동원하는 경우는 없었다.

어설픈 모하메드나 파티마 등에 의해 테러에 대한 계획이 외부로 흘러나갈 수도 있기 때문이었다.

하지만 이번 뉴욕 테러는 이들에 의해 정보가 흘러나가도 상관이 없었다.

아니 정보가 흘러나가면 더욱 좋았다.

그도 그럴 것이, 자신들의 주목적은 여기가 아니기 때문이었다.

테러 조직은 이들을 속여 미끼로 이용하면서 다른 곳에 있는 본인들의 목표에 집중했다.

그러니 어설픈 모하메드나 파티마, 세이드 세 명만 따로 바클레이스 센터의 공연을 테러하는 일에 내보낸 것이다.

만약 테러 조직에서 이들을 중요하게 여겼다면, 아마도 전문적인 교육을 받은 요원도 함께 보냈을 것이 분명했다.

그래야 테러에 성공할 것이고, 무사히 빠져나올 수 있을 것이 아닌가.

그것만 봐도 테러 조직에서는 모하메드를 비롯한 이들 세 명을 한 번만 쓰고 버리는 미끼, 혹은 소모품 정도로 취급하고 있었다.

그러한 것도 모른 채 모하메드는 조직에서 자신에게 중요한 역할을 맡겼다고 생각해 어떻게 해서든 이번 일을 제대로 마무리하고 싶어 했다.

그러다 보니 연인인 파티마의 이야기나 친구인 세이드의 말도 귀담아 듣지 않았다.

"너무 걱정하지 마. 우리는 꼭 성공할 거야!"

모하메드는 마치 다짐을 하듯 그렇게 말을 했다.

"그러니 표정 풀고, 자연스럽게 행동해! 나온다."

모하메드는 파티마와 세이드의 물음에도 자신의 할 말만 하고 그들을 쳐다보지도 않았다.

그런 모하메드의 모습에 파티마는 적잖이 실망한 표정을 지었다.

'왜 이렇게 변한 거야.'

너무도 변한 모하메드의 모습에 파티마는 눈동자가 흔들렸다.

여성을 무시하고 인간취급도 하지 않는 다른 이슬람 사람들과는 다르게 모하메드는 언제나 자상했다.

그랬기에 그에게 끌렸고, 연인이 되었다.

그런데 언젠가부터 그런 모하메드가 변하기 시작했다.

시간이 갈수록 그는 그녀가 알고 있던 여느 남성 무슬림들과 비슷해져 갔다.

그녀의 이야기라면 언제나 차분하게 들어주었고, 의사가

꿈이라는 그녀의 말도 진지하게 들어주던 모하메드는 어느새 그녀의 이야기를 듣기보다는 자신의 주장을 강요하는 일이 많아졌다.

지금도 그렇다. 자꾸만 불안감이 드는 그녀나 세이드의 말보다는 마치 성전을 준비하는 전사 마냥 앞뒤 생각 없이 그저 목표를 향해서만 달려가고 있었다.

이미 계획은 발각된 것 같았다.

안내 방송에서는 30분이나 늦어지는 공연이 음향기기 고장 때문이라고 했지만, 그녀는 그 어디에서도 스태프들이 기기를 옮기는 것을 보지 못했다.

조직에서는 오늘의 계획을 성공시키기 위해 폭탄이 장치된 차량 외에도 공연장 내부에서 활동이 편할 수 있도록 공연 티켓도 마련해주었다.

그것도 무려 VIP 좌석의 티켓이다.

이것은 목표 중 하나인 정수현과 가까운 위치까지 다가가기 위해 그렇게 한 것이었다.

사실 총이란 것은 목표를 명중시키면 확실하게 효과를 볼 수도 있지만, 그걸 맞추는 것은 그렇게 쉬운 일이 아니다.

영화에는 권총을 쏘면 사람들이 여지없이 픽픽 쓰러지는 장면이 종종 나온다.

하지만 현실에서는 그런 모습은 좀처럼 나올 수가 없다.

더군다나 이들은 전문적인 군사훈련을 받은 요원들도 아닌, 일반 대학생들이다.

그것도 총이라고는 손에 잡아본 적도 없는 일반인이다.

그러니 이들이 타깃을 맞추기 위해선 최대한 목표에 가까이 다가가야만 했다.

더욱이 이들이 준비한 것은 사거리가 짧은 권총이지 않은가. 그러니 모든 조건을 맞추기 위해서는 최대한 목표와 가까우면서도 행동이 편안한 장소가 필요했고, 그러한 조건에 맞는 곳은 무대 바로 앞에 자리한 VIP 좌석뿐이었다.

그리고 이들의 자리는 VIP 좌석 중에서도 가장 앞줄에 위치해 있었다.

모하메드는 이야기를 하면서도 주머니 안에 준비해 둔 권총을 만지작거리면서 두근거리는 불안감을 해소하려고 노력했다.

사실, 그 또한 파티마나 세이드처럼 긴장하기는 매한가지였다.

그렇지만 이번 일의 리더로서 불안한 모습을 보여주지 않기 위해 노력할 뿐이었다.

*　　　*　　　*

쿵쿵!

미국의 20개 도시를 돌며 40여 회 공연을 했고, 드디어 오늘 최종 마무리 공연만을 남겨두고 있다.

그것도 곧 시작할 것이고, 한 시간 30분 후면 끝이 난다.

그런데 이상하게도 조금 전 폭탄을 실은 트럭을 발견하기 전처럼 심장이 뛰기 시작했다.

잠시 뒤면 공연을 시작해야 하는데, 또 다시 문득 뭔가 사고가 터질 것만 같은 예감이 든 것이다.

"형! 수현 형, 무슨 일 있으세요?"

막 무대에 오르려던 찰나, 수현이 걸음을 멈추며 당황하는 듯한 모습을 보이자 윤호는 고개를 갸웃거리며 수현에게 물었다.

그런 윤호의 물음에 정신을 차린 수현이 굳은 표정으로 로열 가드 멤버들을 돌아보았다.

동생들의 얼굴을 보던 수현은 나직하게 이야기를 하기 시작했다.

"공연 도중에 어떤 돌발 상황이 발생하더라도 당황하지

말고, 그런 일이 발생하면 바로 무대 바닥에 엎드려!"

수현은 심장이 두근거리는 것을 육감이 자신을 향해 뭔가 위험이 있다는 것을 경고하는 것이라고 믿었다. 대기실에 있을 때까지만 해도 아무런 느낌이 없었는데, 무대에 가까이 다가와서 이런 느낌을 받자 멤버들에게 주의를 주었던 것이다.

"뭐야, 아까 나가서 문제가 다 해결된 거 아니었어요?"

수현의 당부를 들은 정수가 눈을 크게 뜨며 물었다.

"응, 나도 그런 줄 알았는데 아닌가 보다. 아무래도 무대 가까이에 있는 것 같아."

아직 막내들에게는 말을 하지 않았지만, 자신이 없을 때는 그룹의 리더 역할을 하던 정수에게는 무슨 일이 있었는지 알려 주었다.

그렇기에 정수가 이런 말을 했고, 수현이 그에 대해 대답을 해준 것이었다.

"설마 뉴스에 나오는 것처럼… 몸에 막 폭탄을 두르고 그러지는 않겠죠?"

정수는 언젠가 중동의 테러리스트들이 영화에서처럼 몸에 폭탄을 두르고 군인들에게 달려가 자살 폭탄 테러를 하는 것을 본적이 있다.

그래서 혹시나 자신이 있는 이곳에서 그런 일이 벌어지는 것은 아닌가 하는 두려움에 질문을·한 것이었다.

"뭐, 그럴 수도 있겠지만 그게 쉽지만은 않다."

수현은 자신이 경험한 군대를 떠올리며 이야기를 했다.

영화에서는 힘이 약한 여자나 아이들도 폭탄조끼를 입고 평소와 같은 움직임을 보인다.

하지만 현실은 그렇지 않다.

폭탄은 목적에 따라 그 크기가 달라지는데, 흔히 시한폭탄이라고 하는 것은 소형 소포정도의 크기지만 결코 영화에서 보는 것처럼 한 손으로 쉽게 던지고 할 수 있는 무게는 아니다.

더욱이 이렇게 넓은 지역에서는 작은 크기의 폭탄으로는 별다른 위력을 발휘하기 힘들다.

물론, 군에서 쓰이는 C-4와 같은 강력한 폭탄이라면 작은 소포 크기의 폭탄으로도 큰 위력을 발휘할 수 있지만, 군용인 C-4와 같은 폭탄을 구하는 것은 쉽지 않다.

그래서 테러리스트들이 흔히 자살용 폭탄조끼에 사용하는 것은 다이너마이트처럼 광산이나 공사장 같은 곳에서 사용하는 발파용 폭탄이다.

그래서 발파용 다이너마이트를 이용한다면, 쉽게 숨길 수 있는 부피나 무게가 아닌 것이다.

즉, 영화는 장면을 극적으로 보여주기 위해 과장된 것이라 볼 수 있었다.

"넌 영화를 너무 사실처럼 믿는 것 같은데, 영화는 픽션이야. 과장된 거짓을 그럴 듯하게 포장한 거니까 100% 믿지는 말고."

"응!"

정수는 수현의 설명에 수긍한 듯 대답을 했지만, 불안감이 완전히 가신 것은 아니었다.

짝!

수현은 자신의 말에 불안해하는 정수나 동생들을 보며 박수를 쳤다.

멤버들을 자신에게 집중하도록 만든 수현이 말했다.

"자, 다들 정신 차리자."

그리고는 아까 최종 리허설을 마치고 대기실에서 느끼던 것보다는 그 불안감의 크기가 작다는 것과 오늘이 어떤 날이고, 또 이곳을 찾은 팬들을 최대한 안심시키기 위해선 어떻게 해야 하는지도 설명했다.

"아까 내가 한 말 잊지 말고, 뭔가 평상시와 다르다 느껴지면 바로 바닥에 엎드리는 거야."

멤버들을 다독인 수현은 그렇게 이야기를 하고는 시선을 아직 보이지 않는 무대 앞 객석을 향해 돌렸다.

칸막이 너머에 있을 테러리스트들이 무슨 생각으로 불특정 다수가 모인 자신들의 공연장을 찾았는지는 모르겠지만, 결코 용서할 수가 없었다.

막말로 그들이 주장하는 것이 정당하다면, 아무런 이해관계가 없는 자신들이나 이곳을 찾은 팬들에게 테러를 할 것이 아니라, 그들에게 총과 칼을 들이민 군인들을 향해야 한다.

그렇지만 테러리스트들은 그들이 주장하는 성전에 목적이 있는 것이 아니기에, 민간인들을 향한 테러와 그로 인해 발생할 공포를 퍼뜨리는 것이다.

수현이 보기에 그것은 절대로 정당하지 않았다.

그리고 그러한 테러리스트들의 행위에 결코 굴복하지 않겠다는 다짐도 했다.

"로열 가드! 큐 사인 떨어지면 무대로 오르겠습니다. 3, 2, 1, OK, GO!"

공연을 총괄하던 PD의 신호를 받은 스태프가 손가락으로 카운트를 셌다. 카운트가 끝나자, 커다란 모션으로 무대를 가리켰다.

"자, 가자!"

와아아아!

스태프의 신호에 맞춰 빠르게 무대로 오른 수현과 로열 가드.

그리고 그들을 기다리던 팬들은 로열 가드의 모습이 무대 위에 보이자, 바클레이스 센터가 떠나가도록 환호성을 질렀다.

"내가 달려간다."

무대에 오른 로열 가드는 무대 인사도 없이 바로 그들이 처음 아이돌 그룹으로 데뷔할 때 불렀던 데뷔곡인 '폭풍 속으로'를 부르기 시작했다.

물론 가사는 데뷔할 때의 한국어가 아닌 영어로 바꾸었고, 새롭게 외국인들의 취향에 맞게 편곡된 노래였다.

로열 가드의 데뷔곡인 '폭풍 속으로'는 원래부터 댄스 음악이다.

그대로도 충분히 외국인들에게도 관심을 끌만한 곡이었지만, 수현은 로열 가드가 본격적으로 미국시장에 진출하는 것이니만큼 노래 또한 이곳 정서에 맞게끔 바꿔야 한다고 생각을 했다.

사실, 로열 가드의 미국 진출에 쓰일 곡들은 모두 신곡을 쓰고 싶었다.

하지만 시간적 여건이 되지 않아 어쩔 수 없이 싱글앨범과 몇몇 곡을 제외하고는 로열 가드가 발표했던 곡 중 가장 인기가 있었던 몇 곡을 추려 영어버전으로 개사를 했다. 그리고 이들의 취향에 맞게 편곡을 해서 발표한 것이다.

이는 전적으로 수현의 울프 TV드라마 촬영 때문이었다.

그렇지만 그렇게 발표한 앨범은 현재 무척이나 인기를 끌고 있었다.

이미 미국 시장에는 로열 가드가 미국에 진출을 하면서 발표한 노래는 물론이고, 로열 가드가 한국, 아니 아시아에서 활동을 하면서 발표했던 노래들까지 알려져 있었다.

비록 한국어라 알아듣지는 못했지만, 팬들은 한국어를 알고 있는 주변 친구들에게 부탁을 해 로열 가드 노래의 가사를 번역해 들을 정도로 열정적으로 몰입하고 있었다.

그리고 개중에는 편곡된 곡도 좋지만, 원곡이라 할 수 있는 한국어 버전을 더욱 좋아하는 팬들까지 생길 정도였다.

그렇게 로열 가드는 미국인들의 뇌리에 각인됐다.

처음 로열 가드를 알린 것은 의로운 일을 한 수현이었지만, 지금은 수현 말고도 로열 가드 멤버들의 개인 팬클럽까지 생기고 있었다.

멤버들이 짜여 진 안무에 맞춰 한 명씩 무대 앞으로 나올 때마다 그들을 연호하는 함성은 이들이 올해 미국 무대에 진출한 신인 그룹이 아닌, 인기 절정의 기성 그룹이라는 착각이 들게 할 정도였다.

실제로 투어 중에 지역 언론에서는 로열 가드의 공연을 두고 그렇게 이야기하기도 했다.

열정적으로 노래하며 춤을 추면서도 수현은 자신의 파트가 아닐 때마다 무대 아래 객석을 유심히 살폈다.

아이돌 그룹의 노래다 보니 빠르고 열정적인 춤이 대부분을 차지했지만, 그렇다고 모든 부분에서 함께 춤추는 것은 아니었기에 주변을 살필 시간은 충분했다.

객석을 살피며 혹시나 테러리스트들이 있을 만한, 가장 가능성이 있는 곳을 훑어보았다.

역지사지라고 했던가. 수현은 상대가 되어보면 상대가 어떻게 움직일지 예측이 가능하다고 판단했다.

그래서 자신이 이곳에서 테러를 한다면 가장 효과가 있는 것이 무엇일까, 그리고 어떻게 하면 목적을 이룰 수 있을까를 생각했고, 바로 답이 나왔다.

스타의 공연에서 가장 주목을 받을 수 있는 것은 그 스타와 엮이는 것이다.

실제로 스타의 공연 중에 난입한 팬들로 인해 핫 이슈가 된 사례는 많았다.

팝의 황제라 불리던 마이클 존스의 한국 공연에서의 일은 아직도 한국에서는 전설로 전해지는 공연 사고였다.

경호원들을 따돌린 팬이 마이클이 타고 있던 3층 높이의 리프트에 매달린 사건이었는데, 막말로 그가 마이클의 팬이 아니었다면 그 공연은 참사로 얼룩졌을 것이 분명했다.

객석을 둘러보던 수현의 눈에 VIP들을 위한 좌석에 앉아 있으면서도 다른 팬들과는 다르게 공연을 즐기지 못하고 표정이 굳어 있는 이들이 보였다.

그들을 볼 때면 왠지 그들이 자신의 시선을 피하는 듯 했는데, 수현은 이를 보고 그들이 테러리스트일 것이란 예감이 들었다.

물론 그 예감이 100% 맞는 것은 아니었다.

팬들 중에는 좋아하는 가수와 시선을 마주치는 것에 부끄러움을 느끼는 사람도 있기 때문이다.

하지만 지금 그들을 마주하는 수현이 받은 느낌은 그런 팬과는 거리가 있었다.

그들의 눈동자는 묘한 흥분과 불안감으로 가득 차 있었다.

*　　　*　　　*

'뭐지? 왜 이쪽을 자주 주시하는 거지?'

저스트는 고개를 갸웃거렸다.

공연 전에 그를 찾아갈 때만 해도, 자신이 망가진 것에 대한 원망을 담아 끝장을 보려고 했었다.

하지만 그와 대화를 하고 난 뒤, 모든 것은 자신이 초래한 일이란 것을 깨달았다.

처음 음악을 할 때 가졌던 초심을 잃고 성공에 취해서, 그 모든 것이 자신이 잘나서 그런 것이란 판단을 했기에 성공 뒤에 오는 향락에 빠져버렸다.

그러다 보니 주변 상황이 눈에 들어오지 않았다.

자신이 변한 것 때문에 원래 주변에 있던 친한 이들은 떠나가고, 냄새가 나는 곳에 꼬이는 파리나 구더기처럼 전혀 도움이 되지 않는 아첨꾼들만 주변에 꼬였다.

그렇지만 그때까지도 자신은 그것이 자신의 능력이라 믿었다.

그런데 막상 자신이 파멸의 늪에 빠져 허우적거리자 친구라 믿었던 이들은 온데간데없이 사라졌다.

아니, 그냥 떠난 것도 아니고 자신의 추락에 고소해하고

조롱을 하며 떠났다.

물론, 재기를 위해 아무런 노력도 하지 않은 것은 아니었다.

해명을 하고, 또 언제나 그랬듯 자신이 새 앨범을 발표하면 팬들이 돌아오리라 생각했다.

그래서 열심히 작업을 하고 신곡을 발표했다. 하지만 그 생각은 지나친 낙관론이었다.

현실을 너무 몰랐다. 팬들은 자신이 먹이(신곡)를 던져주면, 그저 좋아라하는 멍청이들일 뿐이라고 생각했다.

그렇지만 현실은 그렇지 않았다. 팬들은 전혀 멍청하지 않았고, 멍청한 것은 오히려 자신이었다는 것을 깨닫기까지는 그리 오랜 시간이 걸리지 않았다.

그랬기에 모든 것을 포기했고, 마지막 가는 길에 억울한 마음이 들어 자신이 추락하는 데 원인이 되었다고 생각한 그를 찾아온 것이다.

그런데 그는 자신을 원망하지도, 자신을 그렇게 비중 있게 생각하고 있지도 않았다.

그는 묵묵히 자신이 할 일을 하고 있을 뿐이었다.

처음에는 모든 것이 가식이라 생각했지만, 이야기를 할수록 자신이 얼마나 막 살았는지 깨달았다. 또 결정적으로 그는 자신이 재기할 수 있을 것이라는 말을 해주었다.

자신이 처음 음악을 접하고 시작했을 때의 초심을 되돌아 보라는 조언도 했다.

모든 사람들은 자신이 끝났다고 말을 했는데, 원수나 다름없던 그는 자신이 재기할 수 있다는 말을 해주었다.

그 말을 믿고 싶었다. 그리고 왠지 그의 말에서는 뭔가 힘이 느껴졌다.

저스트는 끝장을 보기 위해 몰래 총을 숨겨왔었다.

출입구에 검문검색을 하는 보안 요원이 있기는 했지만, 살짝 자신의 정체를 알리자 쉽게 들어올 수 있었다.

비록 몰락한 스타라고는 하지만 아직도 자신을 좋아해 주는 팬은 남아 있었다.

그리고 우연인지 아니면 필연인지 모르지만 보안 요원 중 한 명은 아직도 자신을 좋아해 주고 있는 팬들 중 하나였다.

그래서 검문을 받지 않고 통과할 수 있었다.

그렇게 보안을 통과하고, 수현을 찾아가 많은 이야기를 들었다.

그와 이야기를 마치고 돌아갈 때는 처음 이곳을 찾았을 때와는 전혀 다른 기분이었다.

집으로 돌아가 새롭게 작업을 해볼까 라는 생각도 했지

만, 문득 그의 노래가 들어보고 싶어졌다.

그래서 돌아가지 않고 신분을 숨긴 채 구매한 티켓으로 좌석에 앉아 공연이 시작되길 기다렸다.

하지만 공연은 순조롭게 이루어지지 않았다.

무슨 일인지 공연 시간이 지연되었다.

분명 자신과 이야기를 할 때만 해도 수현이나 로열 가드 멤버들의 컨디션은 좋아 보였다.

물론 자신을 보는 그들의 표정은 좋지 못했지만, 그것 때문에 공연을 늦출 정도로 컨디션이 다운됐다고 보긴 힘들었다.

그런데 막상 무대에 올라선 수현은 뭔가 불안한 듯한 모습을 보이고 있었다.

'뭔가 이유가 있을 거야!'

수현과 이야기를 나누다 보니, 저스트도 어느 정도 수현에 대해 느낀 것이 있었다.

결코, 아무런 이유도 없이 수현이 무대에서 저런 불필요한 모습을 보일 사람이 아니란 것을 말이다.

그러다 저스트는 수현이 자주 쳐다보는 곳이 있음을 깨달았다.

'누군데 저렇게 자주 쳐다보는 거지? 설마…….'

수현의 시선이 닿는 곳으로 고개를 돌린 저스트는 젊은

여성의 얼굴을 볼 수 있었다.

그때문에 수현이 언론에서는 셀레나 로페즈와 연인인 것을 공식적으로 인정했으면서도, 셀레나 몰래 또 다른 여성을 만나는 것은 아닌가 하는 의심을 하게 되었다.

VIP 좌석에 있기는 했지만, 옷차림은 그저 평범했다.

그렇지만 평범한 차림과는 다르게 저스트의 눈에 들어온 여성은 무척이나 아름답고 귀족적인 분위기를 풍겼다.

그녀를 본 저스트는 자신도 모르게 심장이 살짝 두근거리기까지 했다.

하지만 그것도 잠시, 계속해서 그녀와 그녀가 있는 쪽을 자주 주시하던 수현의 표정이 정상이 아님을 뒤늦게 알게 되었다.

'아닌가? 그럼 뭐지?'

너무도 이상한 광경을 보게 된 저스트는 이제는 자신도 모르게 그녀는 물론이고, 그녀의 주변에 있던 사람들을 살폈다.

무엇 때문에 그러한 생각을 했는지는 본인도 몰랐다. 하지만, 본능적으로 뭔가 이상한 생각이 들었다.

그리고 실제로 그녀와 그녀의 양옆에 앉아 있는 사내들의 표정이 심상치 않은 것을 발견하고는 섬뜩한 생각이 떠올랐다.

'설마 테러?'

축제 분위기인 공연장과는 전혀 어울리지 않는 표정을 하고 있는 사내들을 보면서, 가장 먼저 떠오른 것은 바로 그것이었다.

더욱이, 굳은 표정으로 무대 위를 쳐다보고 있는 사람들은 아랍인들이었다.

모든 아랍인들이 테러리스트는 아니지만, 저스트는 그들을 보면서 문득 그런 생각을 했다.

다만, 영화에서처럼 자살 폭탄 테러는 아닌 듯 보였다.

테러란 단어를 떠올리자마자 저스트는 그들이 입고 있는 옷차림을 자세히 살펴보았다.

비록 그들이 점퍼를 입고 있기는 했지만 폭탄을 숨길 정도로 큰 옷은 아니었다. 하지만 그렇다고 안심이 되는 것은 아니었다.

테러란 단어를 떠올린 뒤로 저스트는 모든 신경이 그것에 맞춰져 다른 생각을 떠올리지 못하고 있었다.

* * *

'아니, 저 녀석… 왜 저러지?'

로열 가드의 총괄 매니저인 전창걸은 조금 전 소란에 대해 보고를 받은 뒤, 뒤늦게 로열 가드가 공연하는 무대가 보이는 곳으로 왔다.

그런데 그들이 공연하는 것을 지켜보던 전창걸은 이상한 것을 발견했다.

로열 가드는 어떠한 악조건 속에서도 공연의 기본을 놓치지 않는 프로페셔널이다.

아이돌 그룹이기는 하지만 일반 아이돌과는 그 마인드 자체가 다른 프로였다.

그러했기에 로열 가드는 데뷔를 하자마자 바로 스타덤에 올랐고, 지금까지 승승장구를 하고 있었다.

그런 그들을 곁에서 지켜본 전창걸은 그 모든 것이 리더인 수현이 있었기에 가능했다는 것을 누구보다 잘 알고 있었다.

그런데 지금은 그런 수현이 지금까지 공연에서 보여주었던 의연한 모습이 아닌, 뭔가에 쫓기는 듯 불안정한 모습을 보여주고 있었다.

너무도 생소한 모습에 처음 전창걸은 그것이 수현이 어떤 팬을 향한 서비스를 하는 것이라 생각했다.

그도 그럴 것이, 가끔 어떤 특정 팬에게 특별한 추억을 주기 위해 스타들이 공연 중에 그런 돌발 행동을 하는 것을 전창걸도 들었고, 또 보기도 했다.

하지만 수현이 특정한 장소에 시선을 자주 던지는 모습과 굳은 표정을 보면서 그게 아니란 것을 금방 깨달을 수 있었다.

'설마 또!'

수현의 불안한 표정에서 문득, 조금 전 보안책임자에게서 들었던 이야기가 떠올랐다.

"지하 주차장에서 폭탄이 탑재된 차량이 발견되었습니다."

자신들이 공연할 장소의 지하에서 폭탄이 발견되었다는 소리에 전창걸은 깜짝 놀랐다.

돌아온 수현에게서 이야기를 들었을 때와는 그 느낌이 달랐다.

수현에게서 들었을 때만해도 직접적으로 폭탄이란 것이 언급되지 않았기에 별로 놀라지 않았었다.

무엇보다 수현이 담담한 얼굴로 문제가 해결되었다고 했

기에, 전창걸도 그 말대로 모든 문제가 해결되었구나, 하고 생각을 했었다.

뒤늦게 바클레이스 센터의 보안 책임자에게서 폭탄이 장치된 차량이 자신들의 발밑에 있었다는 것을 듣고는 순간적으로 뒷목이 서늘해졌던 것이다.

다행히 수현이 공연 시작 전에 미리 발견을 하고 신고를 해서 현재는 폭탄이 있던 차량을 바클레이스 센터 밖으로 가져가 폭발물 해체 전문가가 해체하고 있다 전해왔다.

그래서 안심하고 돌아와 자신이 맡고 있는 로열 가드의 공연을 보고 있었는데, 무대 옆으로 돌아온 전창걸이 본 장면은 그게 아니었다.

수현의 표정을 보면서 아직 문제가 해결된 것이 아님을 금방 깨달았다.

그런 생각이 들면서 전창걸은 수현이 자주 쳐다보는 곳에 저도 모르게 시선을 돌렸다.

그곳은 로열 가드의 공연에 관심이 있는 유명인도 몇몇 자리해 있는 VIP 좌석이었다.

하지만 전창걸의 눈에 들어온 것은 그런 유명인사가 아닌, VIP석 가장 앞줄의 가운데 자리였다.

무대에서 가장 가까이에 자리한 그곳은 무대와 겨우 5미터 정도밖에 떨어져있지 않았다.

얼마나 강력한 폭탄을 가지고 있을지는 모르겠지만, 충분히 위험할 수 있는 범위였다.

그랬기에 전창걸은 무대 옆을 돌아, 굳은 표정을 하고 있는 사내들이 앉아 있는 곳으로 조심스럽게 걸어갔다.

Chapter 7

테러를 막다

미국인들은 물론이고 전 세계인들이 다시 한 번 경악을 금치 못했다.

또 다시 이슬람 테러 조직이 테러를 감행했기 때문이었다.

다행이라면 이번에는 테러가 성공하지 못하고 미수로 그쳤다는 것이었다.

그런데 이번 사건을 계기로 놀랍게도 그 전까지는 그럴 수도 있을 것이라는 루머로서만 떠돌던 이야기가 사실이었다는 것이 드러났다.

그게 무슨 말인가 하면, 한동안 테러 조직이 인터넷으로 순진한 청소년들을 유혹하고 있다는 이야기가 있었다.

하지만 그런 이야기는 증거를 찾기 어려워 그저 루머로만 떠돌았는데, 바클레이스 센터에서 미수로 그친 테러에 동원된 이들이 전문적인 테러 훈련을 받은 테러 조직원이 아닌, 사우디아라비아에서 유학 온 대학생이라는 것이 밝혀지면서 사람들은 경악을 금치 못했다.

더군다나 이들은 테러 조직들이 주장하듯 억압과 착취에 반대하며 일어선 것이 아니라, 사우디아라비아에서 상당한 부유층의 자제였다.

이 때문에 미국 정부와 사우디아라비아 정부 사이에 상당한 마찰이 예상되고 있었다.

미국 정부는 중동의 과격 테러단체인 IS를 지원하는 국가 중 하나로, 동맹인 사우디아라비아를 의심하고 있었기 때문이었다.

그런데 이번에 사우디아라비아의 상류층 자제가 테러 조직의 일원으로 미국 본토에서 테러를 모의하고 실행에 옮겼다는 것에 심기가 불편해진 것이다.

하지만 그럼에도 불구하고, 사우디아라비아는 결코 그런

것을 인정하지 않았다.

아무튼 이슬람 테러 조직이 이제는 인터넷을 이용해 일반 어린 학생들까지 유혹하고 있다는 것이 알려지면서 논란이 커지는 와중에, 수현과 로열 가드, 그리고 로열 가드의 공연을 보러갔던 저스트 비버가 합심해 큰 피해 없이 테러를 막아낸 것은 더욱 이슈가 되었다.

사실 테러도 테러지만, 몰락한 슈퍼스타인 저스트가 어떻게 보면 자신의 몰락의 원인이라고도 할 수 있는 수현이 리더로 있는 로열 가드의 뉴욕 공연을 보러 간 것에 대해서도 관심이 집중되었다.

항간에는 자신을 추락시킨 수현을 죽이기 위해 찾아간 것이 아닌가 하는 의혹이 일었다.

그런 의혹이 나온 이유로는 당시에 저스트가 자신의 이름으로 등록된 권총을 소지하고 있었기 때문이었다.

다른 아티스트의 공연을 보러가면서 총을 휴대했다는 것이 문제가 된 것이다.

그것도 한창 민감한 시기에, 자신과 불편한 사이인 아티스트의 공연에 오해받을 수도 있는 무기를 가지고 갈 수 있느냐는 것이었다.

물론 거기에 대해선 요즘에 신변의 위협을 받고 있어서

그랬다는 변명을 했다.

실제로 저스트는 흑인갱단으로부터 살해 협박을 받기도 했기 때문에 별 소란 없이 그 문제는 넘어갔다.

어찌 되었든 그도 테러를 막는 데 지대한 공헌을 했기에 팬들도 그 말을 믿기로 한 것이다.

수현이 직접 그를 변호한 부분도 있어서 저스트의 총기소지 문제는 그렇게 일단락되었다.

*　　　*　　　*

안쪽 주머니에 있는 권총을 만지작거리며 기회를 엿보던 모하메드는 타깃인 수현이 안무를 하느라 이리저리 움직이는 통에 좀처럼 기회를 찾을 수가 없었다.

그건 세이드나 파티마 또한 마찬가지였다.

권총 사격에 대한 전문적인 교육을 받아보지도 못했고, 권총을 쏴본 것도 이곳 미국에 와서 처음이었다.

오늘 일을 모의하기 전, 사격장에서 어떻게 쏘는 것인지를 알기 위해 스무 발을 쏴본 것이 전부였다.

그러니 정지된 표적판도 아니고, 움직이는 사람을 맞춘다는 것은 거의 불가능하다고 보는 것이 정상이었다.

그렇기에 모하메드와 세이드, 파티마는 일단 일을 벌이게 되면 아무 곳에나 총을 발사하기 보다는 목표인 수현을 향해 일제히 총을 쏘기로 했다.

이 또한 상부 조직에서 알려준 방법이었다.

자신들의 사격 솜씨가 그리 좋지 못하다는 것을 잘 알고 있던 세 사람도 상부의 지시에 수긍을 하며 기회를 엿보고 있는 중이었다.

한편, 아무리 기다려도 눈치만 보는 이들의 모습에 수현은 공연을 하면서도 초긴장 상태를 유지했다.

무대와 이들이 있는 곳과의 거리는 불과 5m.

물론 그것은 끝과 끝의 거리이고, 자신이 있는 무대 중앙까지의 거리를 생각하면 2m~3m 정도 더 멀어진다.

어떤 무기를 소지하고 어떻게 테러를 벌일지는 모르겠지만, 그리 큰 부피의 것이 없다는 것은 이들이 입은 복장만 봐도 어느 정도 짐작할 수 있었다.

그렇다고 안심할 수는 없었다. 일단 작은 크기의 무기라고는 하지만, 사람의 생명을 앗아 갈 수 있는 것은 매한가지다.

그러니 긴장의 끈을 놓을 수가 없었다.

자신이 긴장을 놓는 순간, 테러가 발생할 것이 분명했기 때문이었다.

자신이야 어찌어찌 안전을 확보할 수는 있겠지만, 자신의 옆에 있는 동생들의 안전까지 고려한다면 더욱 그랬다.

쿵! 쿵! 쿵!

와아!

또 한 곡의 노래가 끝났다.

로열 가드의 공연이 시작된 지도 어느덧 20여 분이 지나고 있었다.

여기서 한 타임 쉬고 가야만 했다.

아무리 젊은 나이의 로열 가드라 해도, 노래를 3곡 이상 연달아 부르는 것은 결코 쉽지 않은 일이다.

더욱이 로열 가드는 아이돌 가수이지 않은가. 잔잔한 발라드보다는 댄스곡 위주이기에 체력적으로 여간 힘든 것이 아니었다.

물론 보통 사람과는 다른 수현이야 여기서 한 시간을 더 춤추고 노래를 한다고 해도 지치지 않을 테지만, 다른 멤버들은 달랐다.

"와우! 와우! 와우!"

로열 가드의 노래가 끝나자 연신 감탄성을 터뜨리며 무대로 나온 사람은 바로 크리스 론이었다.

작년 그래미 시상식에서 인연을 맺은 크리스 론은 수현으로부터 직접 로열 가드의 전미 투어에서 MC를 봐줄 것을 제안 받았다.

하지만 크리스 론 또한 코미디언으로 유명한 스타였기에, 그의 스케줄도 무척이나 바빴다.

그때문에 처음에는 자신의 스케줄을 들어 거절을 했다.

그렇지만 수현은 끝까지 크리스를 설득했다.

미국에서 생활을 하면서 그가 얼마나 재능이 넘치는 입담꾼인지를 알았기 때문이었다.

그의 코미디는 약간 수위가 높아 방송에는 적합하다고 할 수 없을지도 모르지만, 그래도 미국에서는 어느 정도 성적 코미디가 통용되기에 상관이 없었다.

더욱이, 그의 목소리에는 관객의 시선을 끌어 모으는 어떤 힘이 있었다.

그래서 정중한 거절에도 불구하고 수현은 적극적으로 그를 로열 가드의 공연 MC로 초빙을 하려 했다.

거듭된 수현의 요청에 결국 크리스도 조건을 붙이며 허락을 했다.

그 조건은 바로 자신의 스케줄에 여유가 생기는 10월 말이나 11월 초쯤이면 가능하다는 것이었다.

그래서 수현은 어쩔 수 없이 그를 로열 가드 투어의 마지막인 뉴욕 공연에 MC로 초빙했다.

그리고 어제 크리스는 자신의 입담을 여실히 드러냈다.

아마 오늘도 그는 팬들과 자신들을 그 특유의 입담으로 들었다 놨다 할 것이 분명했다.

"와우! 와우! 오아아우! 그뤠잇!"

크리스는 무대로 나오자마자 과장된 표정으로 로열 가드를 보며, 마치 신하가 자신의 왕에게 큰 절을 하듯 양손을 높이 들고는 앞으로 몸을 숙이는 연출을 했다.

하하하하!

그런 크리스의 장난스러운 모습에 객석에서는 팬들이 크게 웃음을 터트렸다.

"언빌리버블! 너희들 어디 가서 이렇게 섹시하고, 또 노래도 잘하고, 춤도 끝내주는 가수를 본 적 있어?"

경이롭다는 표정을 지으며 크리스는 조금 전 로열 가드가 추던 춤의 흉내를 내며 계속해서 떠들었다.

'지금이다.'

노래가 끝나고 크리스 론이 무대 위로 등장하면서, 타깃의 움직임이 제한되기 시작했다.

노래를 부를 때야 무대 위 사방을 뛰어 다녔지만, 이제는 아니었다.

일정한 범위를 벗어나지 않고 멈춰 있었다.

이만큼 좋은 기회가 또 있을까 라는 생각과 공연이 예정보다 늦게 시작한 것으로 인해 자신들의 계획이 발각된 것은 아닌가 하는 불안감에 더 이상 기다릴 수가 없었다.

모하메드와 세이드는 조심스럽게 안주머니에서 총을 꺼내기 시작했다.

이들이 테러 준비를 끝내고 결행에 나서려던 때, 수현은 자신의 감각을 자극하던 살기가 고조됨을 느꼈다.

'이제 결행하려나 보군.'

수현은 크리스 론과 대화를 하는 중에도 간간히 조금 전 노래를 하면서 봐둔 VIP석 중앙에 앉아 있는 테러리스트로 의심되는 이들에게서 관심을 거두지 않고 지켜보고 있었다.

얼마 지나지 않아, 그들의 수상한 움직임을 보게 되었다.

그리고 테러리스트들이 점퍼 안에서 뭉툭한 뭔가를 꺼내 자신을 향해 겨누자, 수현은 기다렸다는 듯이 앞에 있는 크리스 론의 손에 들린 마이크를 빼앗아 들며 소리쳤다.

"엎드려!"

휘익!

수현은 엎드리라는 경고와 함께 크리스에게서 빼앗은 마이크를 전방을 향해 던졌다.

갑작스러운 수현의 과격한 행동과 목소리에 놀라 정신이 나간 표정으로 수현을 바라보던 크리스와 이미 무대에 오르기 전 수현에게서 경고를 들은 로열 가드의 행동이 갈렸다.

수현의 목소리가 들리자마자 로열 가드 멤버들은 일제히 무대 바닥에 엎드렸다.

하지만 무슨 일인지 아직 파악이 되지 않았던 크리스는 그 자리에 멀뚱히 혼자 서 있을 뿐이었다.

그런 크리스의 모습에 수현은 얼른 그를 넘어뜨리고는 빠르게 앞으로 뛰어갔다.

아직까지 무슨 일인지 파악을 하지 못하던 팬들은 수현이 객석으로 마이크를 던지고 뛰어나오자 놀라며 소리를 질렀다.

꺄아악!

휘이익!

"크윽!"

모하메드는 주머니에서 권총을 꺼내다 수현이 던진 마이크에 맞아 비명을 질렀다.

"모하메드!"

모하메드를 따라 자리에서 일어나며 총을 꺼내려던 파티마는 갑자기 모하메드가 외마디 비명을 지르며 쓰러지는 모습에 소리쳤다.

타다다닥!

휘익!

퍽!

"윽!"

수현은 빠르게 무대 위를 달려 무대 끄트머리를 밟고는 공중에 떠서, 자신이 던진 마이크에 맞아 쓰러진 모하메드가 아닌 그 옆에 있던 세이드를 향해 날아갔다.

무대와 그가 있는 VIP 좌석까지는 5m나 되는 거리가 있었지만, 이미 테러를 막아야 한다는 생각에만 빠져있던 수현에게는 사실 문제될 것도 없는 거리였다.

타깃인 수현을 향해 총을 겨누려던 찰나, 동료이자 리더인 모하메드가 갑자기 날아든 무언가에 맞아 비명을 지르며 쓰러지는 모습에 당황한 세이드는 미처 자신을 덮치는 수현을 보지 못하고 날아들며 올려 찬 수현의 이단 옆차기에 맞고는 나가 떨어졌다.

수현은 거기에 그치지 않고 쓰러진 모하메드가 자리에서 일어나며 자신을 향해 총을 겨누는 모습에 얼른 몸을 낮추며 회전을 해 뒤돌려 차기를 했다.

일명 회축이라 불리는 기술로, 낮은 자세로 몸을 회전하면서 그 힘을 이용해 뒷발로 얼굴을 공격하는 기술이었다.

이는 눈으로 보고 차는 발차기가 아니었기에 목표를 맞추는 것이 결코 쉽지 않은 발차기였지만, 20년 가까이 수련을 했고 시스템으로 인해 만화 속 슈퍼 히어로만큼이나 감각이 뛰어났던 수현은 눈을 감고도 목표를 맞출 수 있었다.

퍽!

"억!"

수현의 뒤돌려 차기에 맞은 모하메드는 다시 한 번 외마디 비명을 지르고 몸이 팽그르르 돌아가며 바닥에 쓰러졌다.

"억, 총이다!"

수현의 가까이에 있던, VIP 좌석에 있던 팬 중 누군가가 모하메드가 떨어뜨린 총을 보고 소리를 쳤다.

그 소리에 주변에서는 다시 한 번 비명 소리가 터졌다.

꺄악!

한편, 그들에게 다가가던 전창걸은 자신 쪽으로 굴러오는 권총을 보며 그 자리에 굳어버렸다.

영화에서 많이 보기는 했어도, 이런 일을 자신이 현실에서 맞닥뜨릴 줄은 상상도 못했기 때문이었다.

그리고 그건 비단 전창걸뿐만이 아닌, 무대 앞에 서있던 보안 요원들 또한 마찬가지였다.

보안 요원들은 평상시에 이런 일을 대비해 훈련을 받기는 했지만, 설마 진짜로 공연 도중에 객석에서 누군가가 총을 꺼내 들 것이라고는 상상도 못했었다.

아무리 총기 규제가 허술한 미국이라고는 하지만, 2001년 911테러 이후 미국은 테러가 자주 발생을 하자 공공장소에서의 검문검색이 강화 되었다.

그러다 조금 완화가 되기는 했지만, 아직도 테러 방지를 위해 의심스러운 사람에 한해 불심검문까지 하는 미국이었다.

그런데 공연장에 몰래 숨겨 들어온 총이 등장을 한 것이다.

이 때문에 공연의 안전을 위해 펜스를 치고 팬들이 흥분해 무대 앞으로 달려오는 것을 막고 있던 보안 요원들은 당황할 수밖에 없었다.

미국 정부와 관계자들은 언제나 '미국은 안전하다' 라며 떠들었다.

그리고 미국인들은 그들의 말을 믿었다.

자신의 안전을 지킬 수 있는 총을 소지할 수 있기에 안전하다고 했는데, 사실 미국의 치안은 그리 안전한 편이 아니다.

총이 있어 안전한 것이 아니라, 역설적이게도 그로 인해 더욱 불안정하다.

하지만 미국인들은 자신들이 총을 쉽게 구할 수 있는 것처럼, 범죄를 저지르려는 범죄자들 또한 쉽게 총을 구할 수 있다는 사실을 외면했다.

실제로 미국에서는 2010년 기준으로 무려 3만여 명이 총에 맞아 사망을 했으며, 이를 하루 평균으로 나눠보면 하루에 약 82명이 총에 맞아 목숨을 잃었다는 말이 된다.

물론 이 중 절반 정도가 총기로 인한 자살이었지만, 그래도 너무 높은 수치였다.

그럼에도 미국 정부와 총포 협회는 총기 규제라는 말이 나올 때마다 국민의 권리를 내세웠고, 미국은 건국 당시 정부군의 무력이 아닌 시민들이 지배자인 영국군을 몰아냈음을 역설하면서 총기 규제를 반대했다.

총이 있기에 안전한 나라라는 문구는 사실 정치인들과 무기를 파는 업자들 간의 야합이 만들어낸 구호일 뿐이었다.

자신이 안전하다고 믿는 곳에서 이렇게 느닷없이 타인을

향한 공격 무기로 총을 보게 되자, 이곳에 모인 로열 가드의 팬들은 물론이고, 보안 요원들까지 당황해서 움직이지 못하고 있었다.

"이익!"

자신의 남자 친구가 또 다시 공격을 받아 쓰러지는 모습에 파티마도 결국 참지 못하고 자신의 품에 가지고 있던 총을 꺼내 수현을 겨눴다.

이때만큼은 수현도 당황했다.

설마 남자들뿐만 아니라 여성도 있었을 줄은 그도 상상하지 못했기 때문이었다.

그런데 이때, 수현에게 총을 겨누던 파티마를 덮치는 그림자가 있었다.

"얍!"

로열 가드의 공연을 지켜보고 있던 저스트는 갑자기 수현이 고함을 지르며 MC를 보고 있던 크리스 론을 넘어뜨리고 자신이 있는 VIP 좌석 쪽으로 달려오는 모습에 깜짝 놀랐다.

그런데 수현이 달려오기 전, 크리스 론에게서 빼앗아 던진 마이크에 맞아 비명을 지르며 쓰러지는 남자를 보게 되었다.

저스트의 자리가 쓰러진 남자의 뒤쪽이라 자세히 본 것은 아니었지만 손에 뭔가를 들고 있는 모습이었다.

그리고 남자가 쓰러지기 무섭게 그 옆에 있던 남자가 쓰러진 남자에게 잠시 한눈을 판 사이, 접근한 수현에 의해 날아가는 장면을 보았다.

언뜻 봐도 5m 정도는 날아간 듯 보였다.

그런데 일은 그대로 끝난 것이 아니었다.

처음에 수현이 던진 마이크에 맞아 쓰러졌던 사내가 다시 일어나며 수현에게 총을 겨눈 것이다.

저스트는 이 때 확실하게 보았다. 사내가 들고 있는 것이 단순한 무기가 아닌 총이란 것을 말이다.

사내에게 들린 것이 총이란 것을 확인한 저스트는 자세를 낮추며 의자 뒤로 숨었다.

하지만 그것도 잠시, 총을 겨누던 남자는 수현의 대응에 속수무책으로 당하며 쓰러졌다.

그제야 안심을 하고 자리에서 일어나던 저스트는 순간, 자신의 눈을 의심했다.

테러리스트는 두 명이 아니었고, 또 다른 한 명이 남아 있었다.

그런데 그 한 명은 그럴 것이라고는 예상하기가 힘든 상대인, 여자였다.

여자 테러리스트가 수현을 향해 총을 겨눴을 때는 수현도 전혀 예상하지 못했는지 당황하고 있었다.

그런데 어디서 그런 용기가 생겼는지, 저스트는 이대로 사건을 두고 볼 수 없다는 생각에 총을 겨누고 있던 여자를 향해 조심스럽게 접근을 해서 총을 들고 있던 팔을 뒤에서 끌어안았다.

덥석!

"뭐, 뭐야!"

갑자기 자신이 누군가에 의해 덮쳐진 것을 깨달은 파티마는 소리를 질렀다.

한편 예상도 못한 또 다른 테러리스트에 의해 위기에 처한 수현은 갑자기 나타난 저스트로 인해 자신을 향한 권총의 총구가 다른 쪽으로 향하자 얼른 여자에게 접근해 팔을 잡고 비틀었다.

"악!"

갑자기 한 번도 그런 쪽으로는 돌아가 본 적이 없던 팔이 예상 밖의 각도로 비틀리자, 파티마는 순간 비명을 지르며 들고 있던 권총을 떨어뜨렸다.

얼마 전까지만 해도 이런 종류의 고통에는 면역이 없던

평범한 여대생이던 파티마였기에, 고통을 참지 못하고 권총을 손에서 놔버린 것이다.

*　　　*　　　*

위웅! 위웅!

경광등을 켠 경찰차와 경찰특공대를 뜻하는 SWAT라는 문구가 크게 새겨진 밴, 그리고 폭발물처리를 담당하는 EOD(폭발물처리반)의 차량들이 줄지어 어디론가 향했다.

뿐만 아니라 뉴욕 주를 방위하는 방위군에서도 장갑차와 무장 병력들이 완전무장을 하고 출동했다.

이들이 향하는 곳은 뉴욕시 중심에 있는 유명 호텔 컨벤션 센터였다.

그곳은 뉴욕 시장은 물론이고, 뉴욕에서 활동하고 있는 경제인이나 판검사와 같은 법조계 인사, 그리고 민주당과 공화당을 막론하고 뉴욕을 이끌어가는 인사들이 모두 모여 자선 파티를 열고 있는 곳이었다.

그런데 오늘 뉴욕 주 브루클린에 위치한 바클레이스 센터에서 테러가 발생했다. 아니, 테러 미수 사건이 있었다.

그곳에서는 요즘 한창 주가가 오르고 있는 아이돌 그룹인 로열 가드가 공연을 하고 있었고, 로열 가드는 미국인들의 사랑을 한 몸에 받고 있는 영웅 정수현이 리더다.

로열 가드는 미국인으로 구성된 그룹이 아니었다.

그들은 동북아시아의 한국인으로 구성되었으며, 이미 아시아에서는 유명 스타들이다.

그런 로열 가드가 이제는 세계시장으로 활동영역을 넓히면서 올해 미국에 공식적으로 진출을 했다.

특이한 점은 그룹의 리더인 정수현이 영화배우 윌 스미스처럼 연기와 가수 활동을 병행한다는 것이었다.

윌 스미스는 힙합 가수이고 정수현은 아이돌 가수라는 것에 차이가 있을 뿐, 두 사람은 상당히 닮아 있어 이 또한 로열 가드의 인기몰이에 한몫을 하고 있었다.

그런 로열 가드가 공연을 하는 바클레이스 센터에서 테러 시도가 있었다.

다행히 테러 모의는 사전에 발각되었고, 2차로 벌어진 로열 가드에 대한 테러 행위도 정수현의 빠른 대처와 주변 인물(저스트 비버)의 활약으로 아무런 피해 없이 일단락되었다.

사건은 그렇게 해피엔딩으로 끝나는 듯했지만 결과는 그렇지 못했다.

테러 미수로 붙잡힌 범인들을 취조하던 중, 그들은 그저 미끼에 불과했고 원래 테러 목표는 따로 있다는 것을 알게 된 것이다.

이번 테러를 계획한 조직에서는 어느 쪽이건 테러가 성공을 한다면 자신들의 목적을 달성하는 셈이었다.

물론, 바클레이스 센터에서의 테러보다는 다른 곳에서 벌어질 테러가 주목적이지만 말이다.

뒤늦게 이 사실을 알게 된 경찰과 FBI는 급하게 SWAT와 EOD를 출동시켰다.

그뿐만 아니라 뉴욕 시 한가운데서 발생한 테러였기에, 테러 경보를 울리고 주 방위군까지 출동한 것이었다.

*　　*　　*

[시청자 여러분, 안녕하십니까? CMM뉴스의 바바라입니다. 이곳은…….]

[시청자 여러분, ABC뉴스의 사라 브라이트입니다. 이곳 뉴욕은 전쟁터를…….]

언제 사고 소식을 접했는지 알 수는 없지만, 뉴욕시 한가운데서 테러가 발생하기 무섭게 현장에 방송국 기자들이 나타나 취재를 하기 시작했다.

그렇지만 테러가 발생한 현장은 생각보다 깨끗했고, 이로 인해 그것을 보도하던 기자들이나 TV를 통해 현장을 보고 있던 시청자들이 의아한 생각을 하도록 만들었다.

테러가 발생하면 현장 주변은 아수라장이 되고, 도로와 건물은 마치 폭격을 맞은 것처럼 파이고 허물어지는 게 상식이다.

하지만 지금 TV 카메라를 통해 보이는 현장은 그들이 지금까지 봐온 테러 현장과는 달리 믿기지 않을 정도로 깨끗했다.

물론 자세히 보면 여기저기 총격전이 벌어진 흔적이 남아 있었다.

그렇지만 그런 것은 뉴욕 시, 아니, 미국의 큰 도시라면 흔히 볼 수 있는 것들이다.

총기 사건이 발생하면 흔히 남는 흔적들이었기 때문에 미국인들에게는 그런 흔적은 별로 감흥을 주지 못했다.

하지만 곧 뒤이어 아나운서들이 하는 말에는 두 눈을 크게 뜰 수밖에 없었다.

[저희가 들은 정보에 의하면, 이번 테러는 이곳만이 아니라 브루클린에 있는 바클레이스 센터에서 먼저 발생했다고 합니다. 바클레이스…….]

아나운서가 전달하는 이야기에 따르면 뉴욕 주 브루클린에 위치한 바클레이스 센터에서는 오늘 한국 출신의 아이돌 그룹인 로열 가드가 미국 투어의 마지막을 장식할 공연을 하고 있었다고 했다.

모인 팬의 숫자만 해도 2만여 명이 넘어가는 그곳에서 만약 테러가 성공을 했다면, 엄청난 인명 피해를 야기할 그런 사고였다.

하지만 공연을 시작하기 전, 마지막으로 안전 점검을 하기 위해 주변을 살피다가 바클레이스 센터 지하 주차장에서 테러에 쓰일 목적으로 가져다 둔 폭탄이 장치된 밴을 발견했다.

더욱이 밴에 실려 있던 폭탄은 한 시간 뒤 폭발하게끔 설정된 상태였다.

급하게 경찰에 신고를 하고, EOD(폭발물처리반)의 도움을 받아 밴을 센터 밖으로 옮긴 뒤에 폭탄을 해체했다.

그렇지만 테러는 단순 폭탄 설치에 그치지 않았고, 테러리스트들이 공연장 내부로까지 침투했다.

그들의 목적은 미국인들의 사랑을 받고 있던 히어로 정수현의 암살이었다.

처음에는 로열 가드 전원을 노린 테러라 생각했었는데, 나중에 알고 보니 그것이 아니었다.

테러 조직이라기보다는 차라리 암살 조직이라고 해도 될 정도로 뭔가 석연치 않은 구석이 있었다.

알카에다나 IS 등 테러를 행하는 조직들은 자신들의 이상을 실현하기 위해 불특정 다수를 향한 테러를 한다.

그런데 바클레이스 센터에서의 테러 행위는 뭔가 이상했다.

폭탄 트럭을 준비했다는 것은 기존의 테러 행위와 같았다.

다만 그 뒤, 특정인을 향한 암살 기도는 뭔가 이치에 맞지 않았을 뿐만 아니라, 다른 테러들과도 뭔가 달랐다.

만약 바클레이스 센터 지하 주차장에서 폭탄이 설치된 밴을 발견하지 못했다면, 단순히 과격 팬에 의한 단순 테러로 규정되었을지도 모를 사건이었다.

그렇지만 심문 도중에 범인 중 한 명이 밝힌 내용을 통해 기존의 고정관념이 완벽하게 깨져 버렸다.

테러 조직이 이제는 일반 대학생마저 유혹해 세뇌를 하고, 이들을 테러에 이용한다는 것.

이전에는 이렇게 유혹한 뒤 세뇌를 하고, 전문적인 군사 훈련을 시켜 이슬람 전사(테러리스트)를 양성했다.

하지만 이제는 이전과 다르게 현지에서 빠르게 자신들의 세력을 늘리기 위해 순진한 일반인들을 유혹해 자신의 편으로 만들고, 전문적인 훈련도 생략한 채 단순한 도구로 이용해 자신들의 목적을 이루려 하고 있었다.

사실 테러 조직의 이런 변화는 어쩔 수 없는 것이었다.

그도 그럴 것이, 아무리 자신들의 이상을 실현하기 위한 고상한 목적이 있다하더라도 테러를 하기 위해서는 돈이 필요했다.

하지만 미국이 2001년 9월 세계를 놀라게 한 테러를 당한 뒤, 미국은 테러와의 전쟁을 선포했다.

그리고 선포에만 그치지 않고, 세계적인 정보부서인 CIA는 물론이고, CIA가 미국 밖 해외에서의 정보업무를 담당한다면 미국 내 정보업무를 담당하던 FBI, 그리고 군의 정보조직인 DIA(국방정보국) 등의 정부 산하 모든 정보 조직을 동원해 미국을 향한 테러와 동맹국을 향한 테러 정보를 쫓았다.

그러다 보니 테러 조직의 운신의 폭이 대폭 줄어들게 되었다.

미국은 테러 조직에 흘러들어가는 자금줄을 추적하고 테러 조직에 협조하는 국가나 조직은 철저히 응징했다.

2001년 9월 11일, 미국은 뉴욕은 물론이고, 국방의 상징인 펜타곤(국방부)이 공격을 당한 뒤, 테러와 관련해서는 물러섬이 없었다.

테러에 가담했다는 의심이 가는 조직이나 나라가 있다면 일단 조지고 봤다.

증거는 그 뒤에 수집해도 된다는 막무가내식 사고로 인해 다른 동맹국들의 빈축을 사기도 했지만, 이미 본토에서 테러를 당한 충격 때문에 미국 정부는 이성을 잃어버렸다.

이전까지 미국은 세계 최강국이란 자만심 속에 동맹국들이 테러를 당하더라도 그들이 능력이 없어 당한다고만 생각을 하며 뒷짐 지고 지켜만 봤었다.

하지만 자신들이 테러를 당하자 정신을 못 차릴 정도로 당황했고, 위기감에 빠졌다.

그러다 보니 이성적이고 냉철한 판단보다는 과격한 방법을 택할 수밖에 없었다.

물론 부작용이 없지는 않았지만, 미국이 과격한 방식으로 테러와의 전쟁을 치른 지 십여 년이 흐른 지금은 테러 조직을 후원하는 이들의 운신을 큰 폭으로 줄어들게 만들었다.

그때문에 한때 이슬람 국가를 표방하며 세를 넓혀가던 과격 무장 테러단체인 IS는 위축이 되었고, 미국을 비롯한 연합군의 공격으로 패퇴하기에 이르렀다.

가장 강력하게 미국이나 그 동맹국들에게 위협을 가하던 IS가 위축되고 연합군에 쫓겨 도망을 치다보니, 그 산하의 작은 테러 조직들은 제 살길을 찾기에 바빠졌다.

뉴욕에서 테러를 모의한 테러 조직도 그렇게 자신들 조직을 살리기 위해 이번 테러를 모의한 것이었다.

자신들이 건재함을 만방에 알리기 위해 이런 모의를 했고, 치밀하게 준비도 했다.

굳이 돈이 많이 들어가는 전문 군사 훈련을 받은 요원들을 동원하기보다는 미국의 정보부서나 경찰의 눈을 돌릴 미끼로 현지에서 포섭한 학생들을 준비해서 또 다른 목표로 투입할 계획도 세웠다.

그 계획에 따라, 테러에 성공하면 조직에서 중요한 임무를 맡을 수 있는 자리에 올려주겠다는 제안에 넘어간 모하메드가 자신의 친구와 연인까지 끌어들여 이번 바클레이스 센터 테러에 투입된 것이다.

하지만 테러 조직이나 모하메드는 큰 실수를 하나 했다.

그것이 무엇이냐면, 그것은 바로 수현을 너무 무시했다는 것이었다.

수현은 이들이 알지 못하는 특수한 능력을 가지고 있다.

그가 인생 게임, 스타 라이프라는 시스템을 가지고 있음을 몰랐다는 것이 바클레이스 센터에서의 테러 모의를 실패하도록 만들었다.

물론 그건 테러 조직은 물론이고, 이 세상 어느 누구도 알지 못하는 비밀이지만, 어찌되었든 결과적으로 수현을 몰랐다는 것이 실패의 결정적 원인이라는 것은 두말할 나위가 없는 사실이다.

어느 누가 아무 것도 확실치 않은 상태에서 그저 육감으로, 불안하다는 이유만으로 중요한 일을 앞둔 상황에서 보안 요원들을 닦달해 시설을 점검하겠는가.

또 어느 누가 눈앞에 테러리스트가, 그것도 혼자가 아닌 다수의 테러리스트가 총을 겨누고 있는데, 그곳으로 달려들어 제압하려는 시도를 하겠는가.

이들의 잘못은 수현을 알지 못했고, 너무 쉽게 봤다는 것이었다.

물론 테러리스트를 두둔하려는 것은 아니지만, 누군가의 불행은 또 누군가에게는 행운으로 작용한다.

그 날은 테러리스트들에게는 수현을 몰라서 자신들의 목적을 이루지 못한 불행한 날이었지만, 이날 로열 가드의 공연을 보기 위해 바클레이스 센터에 모인 사람들에게는 큰 행운의 날이었다.

자신이 좋아하는 스타가 큰 위협 속에서도 두려움을 무릅쓰고 자신들을 구하는 것을 바로 눈앞에서 목격했기 때문이었다.

스타의 행동 하나하나, 그리고 말 한마디 한마디가 팬들에게는 큰 감동이며 행복이다.

그런데 그런 스타에 의해 큰 위기 속에서 구함을 받았으니 이 얼마나 기쁘고 행복한 일인가. 오늘 그 자리에 있었던 팬들은 아마 평생을 가져 갈 이야기 하나를 건졌을 것이다.

어쩌면 인생 말년에 손자나 손녀를 자신의 무릎 위에 앉혀놓고, 이날의 일을 마치 옛날이야기라도 들려주는 것처럼 이야기하며 추억을 떠올릴 것이 분명했다.

인생에 이런 이야기가 있다는 것은 큰 행운이다.

낭만이 사라진 현대에서 이런 추억은 아무나 가질 수 있

는 게 아니기 때문이다.

그렇기에 뉴스 앵커들과 현장을 중계하는 아나운서들이 앞 다투어 떠들면서 영웅화 하는 것이기도 했다.

영웅적 이미지를 가지고 있는 수현.

그런 수현을 극대화한 것이 바로 울프TV다.

작년 LA 동물원에서 소년을 구한 이후, 수현은 계속해서 그런 이미지를 가지고 있었다.

헌데 이번 테러에서도 미국의 재산과 미국인들을 구했을 뿐만 아니라, 또 다른 테러를 미연에 막는데 결정적인 정보를 제공했다는 것이 알려지면서 다시 한 번 미국 대륙에 정수현 바람을 일으켰다.

Chapter 8

흔들리는 관계

미국은 이번 뉴욕에서 발생한 테러 사건으로 엄청난 충격에 휩싸였다.

십여 년 전, 이슬람 무장 테러 집단인 알카에다는 비행기를 탈취했다. 테러리스트는 탈취한 비행기를 가지고 인질들과 함께 자살 테러를 벌였다.

이 테러로 당시 뉴욕의 상징이라 할 수 있던, 아니 세계 무역을 상징하던 월드 트레이드 빌딩, 일명 쌍둥이 빌딩이라 불리던 건물이 무너졌다.

수많은 희생자를 낸 2001년 9월 11일의 그 사건은, 아직도 미국인들의 가슴속에 큰 아픔으로 남아 있다.

그런데 그런 아픔을 연상시키는 테러가 이번에 또 다시 발생한 것이다.

이번에도 미국의 그 유능하다는 첩보 조직은 이 사실을 알아내지 못했다.

이로 인해 많은 숫자의 첩보 관계자들이 경질되기는 했지만, 그런 것은 미국인들의 눈에 들어오지도 않았다.

수천억 달러를 사용하면서 운영되는 정보조직에 구멍이 있다는 것이 알려지는 계기가 되었으니 당연한 수순이었다.

다만, 이번 뉴욕 테러는 2001년의 테러와는 다르게 미수로 그쳤다.

첩보 조직인 CIA나 FBI가 테러를 막은 것이 아니라, 일개 연예인이 테러가 발생하기 전에 불길한 예감이 들어 공연장을 돌아보던 중, 폭탄이 탑재된 차량을 발견해 신고를 했다.

거기다가 공연 도중에는 총을 가지고 총기 난사를 하려던 범인들과 직접 육탄전까지 벌여 그들을 붙잡았다.

이 일로 인해 바클레이스 센터에서 테러를 미연에 방지하고 테러리스트를 붙잡은 로열 가드는 물론이고, 그 자리에 로열 가드의 공연을 보러 온 저스트 비버 또한 새롭게 조명을 받게 되었다.

특히나 저스트 비버는 최근에 인종차별 논란으로 구설수에 오르면서 이미지 추락이 심해 재기가 불가능하다고 여겨지던 차였다.

그런데 자신과 트러블이 있던 스타인 정수현이 속해 있는 로열 가드의 공연에 간 것만 해도 이슈가 되기에 충분했고, 거기다가 테러리스트를 잡는 데 일조한 덕분에 팬들과 이번 테러에 관심을 보이던 미국인들에게 새로운 모습을 보여주게 되었다.

더욱이, 이날 테러리스트로 인해 약 한 시간 정도 공연이 지연이 되기는 했지만 로열 가드의 공연은 그 어느 때보다 성황리에 끝났다.

테러리스트들이 경찰들에게 인계 되고 어수선하던 공연이 다시 시작되면서, 로열 가드의 뉴욕 마지막 공연은 그 어느 때보다도 화려하게 끝났다.

그동안에 로열 가드의 미국 투어에는 유명한 연예인들이 참석하지 않았었다. 그나마 인지도가 있는 인물이라고는 수현과 연인 관계인 셀레나 로페즈와 친구인 존 존스뿐이었다.

사실 셀레나와 존도 슈퍼 스타였기에 그들만의 스케줄이 있어서 많은 공연에 함께하지는 못하고, 한두 차례만 공연에 참석했다. 물론 이제 막 미국시장에 진출한 로열 가드의 입장에서는 그들이 얼굴을 비춘 것만으로도 많은 도움이 되었다.

하지만 이번 뉴욕 마지막 공연은 최근의 사건들로 인해 이미지가 나빠지긴 했지만 그들의 인지도를 훌쩍 뛰어넘는 저스트 비버가 함께했다.

수현에 대해 감사한 마음을 가지고 있던 저스트는 테러 발생으로 어수선하던 팬들의 마음을 다시 공연으로 돌리는 데 커다란 기여를 했다.

수현과 함께 테러리스트를 잡은 저스트. 이전에 수현과의 트러블로 인해 악연을 맺어 무너졌지만, 그것과는 별개로 저스트는 상당한 실력을 가지고 있는 아티스트다.

수현을 향하는 총구를 본 저스트가 테러리스트에게 달려들어 이를 저지하고 테러리스트를 붙잡은 장면을 공연장에 있던 많은 팬들이 보았다. 이를 지켜본 팬들은 저스트가 수현에게 잘못한 일들이 많다는 것은 알지만, 이 일로 인해 저스트를 다시 보게 되었다.

그리고 결정적으로, 사건이 일단락된 다음에 수현이 직접 그와 공연 전에 허심탄회한 대화를 나누며 그동안 맺힌 감정을 모두 풀었다고 선언했다.

수현의 말을 들은 팬들은 저스트에게 가진 불만을 모두 털어냈다.

그 뒤로 다시 시작된 로열 가드의 공연에 저스트가 함께 하면서, 공연은 성황리에 끝났다.

그리고 저스트 또한 인종차별 논란이 불거져서 실추된 명예를 되찾는 계기가 되었다.

논란의 시초라 할 수 있는 수현과의 화해, 그리고 미국인들에게 민감한 사안인 테러를 막고, 테러리스트를 잡는 데까지 일조했다는 것은 그를 싫어하던 사람들의 마음을 돌리기에 충분한 일이기 때문이었다.

* * *

테러가 발생하고 사건이 해결된 후, 그것이 전파를 타고 전 세계로 송출되면서 수현의 이름은 다시 한 번 사람들의 입에 오르내리기 시작했다.

특히 한국에서는 한국 출신의 유명 스타이지만 정작 한국에서는 볼 수 없었던 수현의 소식에 목말라 하고 있는 상태였다.

최유진과의 조작 스캔들 당시에 기자 회견을 통해 한국에서의 활동 전면 중단 발표가 있은 뒤로 몇 년이 흘렀지만, 아직도 수현은 한국에서는 일체 활동을 하지 않고 있었다.

그때문에 수현의 소식은 마치 외국의 유명 스타의 소식을 듣는 것처럼 뉴스를 통해서나 또는 킹덤 엔터의 홈페이지를 통한 새로운 소식이 아니면 접할 수 없었다.

그러다 보니 이렇게 뉴스에 나오는 것만으로도 많은 사람들의 관심을 끌게 됐다.

더욱이 수현은 잊힐만 하면 소식이 나오고, 그렇다고 나쁜 뉴스가 나오는 것도 아니기에 욕을 할 수도 없었다.

막말로 수현이 뭔가 잘못을 한다면 그것을 가지고 크게 욕을 하면서 깎아내려 정신 승리라도 할 텐데, 수현의 소식이라고 나오는 것은 대부분 미담이나 크게 성공을 했다는 그런 내용들뿐이었다.

그러다 보니 이제는 정수현에 관한 뉴스가 나오면, 으레 또 무슨 좋은 일이라도 있나 라는 생각이 먼저 들었다.

하지만 이번에 나온 뉴스는 사람들의 상상을 초월했다.

무려… 테러를 막은 것이다. 그것도 연예인이 맨몸으로 테러리스트와 육탄전까지 벌여서 세 명이나 되는 테러리스트를 붙잡았다.

중간에 저스트의 도움을 받기는 했지만, 어찌됐든 세 명이나 되는 테러리스트가 자신을 향해 총을 쏘려고 했는데, 그에 물러서지 않고 모두 일망타진을 했다는 것이다.

그리고 정수현이 잡은 테러리스트를 취조하는 과정에서 다른 테러 모의를 알아냈고, 이를 알려 다른 참변을 막는 데도 일조를 했다.

그런 소식이 9시 헤드라인 뉴스에 나오자, 이제 사람들은 수현에 대한 것이라면 어떤 일도 놀랍지 않다는 반응이 나오기 시작했다.

— 매칸더X : 씨파, 지가 무슨 태권 X여! 이젠 하다 하다 테러리스트까지 잡네!

— 마스터 현 : 설마 이거, COG(시티 오브 가더) 홍보 영상인가요?

ㄴ 수현사랑 : 드라마 홍보 영상 아니고, 실제로 로열 가드 뉴욕 마지막 공연 때 발생한 테러를 막은 영상입니다.

ㄴ 수현 마눌 : 맞아요. 이건 드라마 홍보 아니고, 실제 사건이라네요. 로열 가드 팬카페 가시면 당시 상황 찍은 거 무삭제로 볼 수 있어요.

— 비버사랑 : 맞아요. 저스트도 수현과 함께 테러리스트를 현장에서 붙잡았대요.

ㄴ 마지막비버새X : 혹시 저스트 이 새끼가 자작극 꾸민 것 아냐? 인종차별하다 매니저도 떠나고, 팬들도 떠나고, 돈도 소송으로 왕창 깨져 알거지 됐는데, 정수현 죽이려다 안 되겠으니까 지가 사주한 범인들 뒤통수 쳐서 위기 모면한 것 같은데?

ㄴ 비버사랑 : 마지막 이 새끼, 또 여기서 분탕질이네! 너 그러다 고소미 먹는다!

ㄴ 마지막비버새X : 뭐가? 이 비버충아! 넌 뉴스도 안 보냐? 그럼 가수가 공연장에 총을 왜 가져가? 뻔하지 뭐!

ㄴ 비버사랑 : 인터뷰에 나오잖아! 생명에 위협을 받아서 호신용으로 구입한 거라고! 너나 뉴스 좀 제대로 보고 떠들어라!

ㄴ 수현 마눌 : 워워, 진정하세요. 뉴스에 나오잖아요. 테러리스트들은 폭탄이 설치된 트럭까지 준비해 놓고, 테러를 모의했다고 말이에요. 그리고 그곳만이 아니라 미국 정치인들이 모인 곳까지 노렸다고 하니, 마지막 님, 확인되지 않은 이야기는 자제해 주시기 바랍니다.

로열 가드가 미국 투어 마지막 공연을 하던 중에 발생한 테러에 대한 뉴스는 이렇게 지구를 반 바퀴 돌아 미국의 반대편에 있는 한국에서도 핫 이슈가 되어 들끓었다.

로열 가드나 정수현의 팬들은 물론이고, 인종차별 논란으로 떨어져 나가던 저스트 비버의 팬들까지 수현과 저스트, 두 사람이 테러를 막고 테러리스트를 힘을 합쳐 잡았다는 것에 놀라지 않을 수 없었다.

하지만 저스트 비버의 부활을 알리는 듯한 소식이 전해지자 언제나 그랬듯 저스트 비버를 비방하는 안티들이 나와 혹시 이번 테러가 저스트의 자작극이 아니냐는 의혹을 내비쳤다.

그럴듯하게 들리기는 했지만 계속해서 들어오는 테러에 관한 소식들이 방송을 통해 흘러나오면서, 그런 음모론은 의심이 많은 음모론자의 그저 그런 추측으로 취급되기 시작했다.

그럼에도 불구하고, 몇몇 음모론자는 아직도 저스트 비버가 실추된 명예를 회복하기 위해 이번 테러를 벌였다는 의심을 하고 있었다.

*　　　*　　　*

수현과 로열 가드 멤버들이 머물고 있는 LA의 숙소.

“헤이, 브라더!”

존 존스가 수현을 보며 소리쳤다.

로열 가드의 멤버들과 수현은 반년 가까이 진행한 미국의 40여 도시 투어가 끝난 뒤, 녹초가 되어 휴식기에 들어갔다.

다른 멤버들은 가족들을 보기 위해 한국으로 돌아갔지만, 수현은 굳이 한국으로 돌아가야 할 필요성을 느끼지 못해 미국에 남았다.

사실 수현이 미국에 남은 이유는 자신의 연인인 셀레나 때문이었다.

투어를 하느라 오랫동안 보지 못한 둘은 같이 알콩달콩한 시간을 보낼 계획이었다.

그렇다고 해서 수현도 이곳에 오래 머물 생각은 없었다.

곧 있으면 연말이라 그때는 셀레나도 가족들을 보기 위해 자신과 떨어지게 된다.

그때 한국에 들어가면 되기 때문에 수현은 다른 멤버들과 함께 하지 않고 따로 계획을 잡은 것이었다.

“어서 와!”

"어? 다른 친구들은 전부 어디 갔지?"

조용한 분위기에 존은 고개를 갸웃거리며 로열 가드 멤버들의 행방에 대해 물었다.

"아, 애들은 휴가를 받아서 한국에 갔어."

존은 수현의 대답에 잠시 그 말뜻을 이해하지 못하고 고개를 갸웃거리다가 말을 했다.

"어, 한국. 그러면 가족을 보러 간 거야?"

"맞아!"

"근데 왜 너만 남았어? 가족들이 보고 싶지 않아?"

혼자 LA 숙소에 남은 수현의 모습에 존은 왜 넌 가지 않았냐는 질문을 했다.

그가 생각하기에 방금 전 수현의 대답이 잘 이해가 되지 않았기 때문이었다.

"물론 나도 며칠 뒤에는 한국으로 출발할 거야. 하지만 지금은… 하하."

수현은 말을 하다 말고 갑자기 웃었다.

그런 수현의 모습에 생각나는 것이 있는지, 존도 살며시 미소를 지으며 물었다.

"설마, 셀레나를 보려고 혼자 남은 거야?"

그는 마치 확인 사실이라도 하듯 자신이 생각한 것을 말했다.

"물론이지. 연인이지만 셀레나를 본 지 벌써 3개월이나 지났다."

"뭐야? 그렇게나 오래 떨어져 있었어? 너희 연인인 건 맞아?"

수현의 이야기를 들은 존은 기가 막혔다.

아무리 투어를 했다고는 하지만, 무려 3개월이나 만나지 못했다는 것은 잘 이해가 되지 않았다.

"하아……."

수현은 존의 물음에 대답은 하지 않고 길게 한숨만 내쉬었다.

그러고는 한탄을 하듯 작게 중얼거렸다.

"미국이 한국 같았다면, 진즉에 만나러 갔을 거야……."

그랬다. 수현은 투어 도중에도 연인인 셀레나를 만나러 가고 싶은 마음이 굴뚝같았다.

다 내팽개치고 뛰쳐나가고 싶었던 때가 한두 번이 아니었다.

그렇지만 미국은 한국과 비교해 너무도 큰 나라였다. 비행기를 타고도 몇 시간씩이나 날아가야 할 정도로 미국은 땅이 너무도 넓었다.

더욱이 수현 자신뿐만 아니라 셀레나도 무척이나 바쁜 연예인이다.

그러다 보니 두 사람이 스케줄을 맞춰 만난다는 것은 엄청나게 힘든 일임이 분명했다.

그나마 투어 도중에 셀레나가 시간이 날 때 자신을 만나러 와주어서 망정이지, 중간에 만나러 오지 않았다면 전미 투어가 끝날 때까지 한 번도 그녀의 얼굴을 보지 못했을 것이다.

비록 단 하루였지만 그날 두 사람은 다른 사람들의 방해 없이 뜨거운 밤을 보냈고, 두 사람의 애정이 아직도 식지 않았다는 것을 재확인 했다.

사실 한국도 그렇지만, 개방적인 미국에서는 특히나 더 연인들이 몇 개월씩이나 못 만난 채 애정을 확인하지 못하면 관계가 틀어질 확률이 높다.

아니, 높은 확률로 깨진다.

비록 매일 통화를 하고 영상으로 얼굴을 본다고는 하지만, 그것이 직접 얼굴을 보고 서로의 살을 맞대는 것만큼이나 관계 유지에 도움이 되는 것은 아니다.

실제로 바쁜 일과로 인해 만나지 못해 헤어지는 경우도 많았고, 특히나 미국의 연예계에서 그렇게 헤어진 스타 커플은 한두 명이 아니었다.

실제로 얼굴을 마주 보지 못하는 상태에서 시선만 돌려도 반짝이는 스타들이 즐비하니, 굳이 그가 아니더라도 충분히 호감을 가질만한 짝이 많기 때문이다.

그리고 미국의 스타 커플 중에는 그렇게 연인이 있으면서도 한눈을 파는 스타 커플이 많다. 이는 남녀를 가리지 않고 모두 똑같았다.

남자 스타들도 다른 여성 스타에게, 그리고 여자 스타도 다른 남성 스타에게, 금방 눈이 맞고 금방 싫증을 내며 헤어졌다.

그러니 방금 전에 수현이 3개월이나 셀레나를 만나지 못했다는 말에 친구인 존은 불안한 느낌을 받았다.

더욱이 셀레나는 현재 미국에서 가장 핫한 여자 연예인 중 한 명이다.

가수나 연기자로서의 그녀의 능력도 능력이지만, 현재 그녀의 연인이 미국에서 가장 핫한 스타인 정수현이기 때문이었다.

수현은 등장하자마자 히어로라는 닉네임을 얻었다.

마치 중세 시대의 기사처럼 위기에 빠진 어린아이를 구했다. 그리고 숙녀(셀레나)의 위기를 보고 뛰어들어 악당(저스트 비버)으로부터 구해내기까지 했다.

그런데 금상첨화로 얼굴도 잘생겼지, 노래도 잘하지, 춤도 잘 춘다. 모든 것이 완벽한 남자가 수현이다.

굳이 흠잡을 게 있다면 그가 백인이 아닌 동양인이란 것뿐이다.

이는 물론 백인 우월주의를 가진 일부 백인들의 생각이기 때문에, 그것만 빼면 수현은 너무도 완벽한 남자였다.

그런 남자의 연인으로 셀레나가 위치해 있으니, 일부 남성들은 셀레나를 마치 트로피와 같이 여겼다.

예전에 흑인 스포츠 스타들이 아름답고 젊은 백인 여성을 부인이나 파트너로 자신의 옆자리에 세운 것처럼, 현재 셀레나를 보는 많은 남성 스타들은 셀레나를 자신의 파트너로 세우고 싶어서 안달이 나 있었다.

어떻게 보면 이것이야 말로 인종차별이지만, 그들은 그렇게 생각하지 않았다.

그리고 실제로 이런 목적으로 셀레나에게 접근하는 백인 남성 스타들은 꽤 많았다.

수현은 투어 중이라 공연에 신경을 쓰고 있어서 이러한 연예계 소식을 듣지 못했겠지만, 존은 아니었다.

간간이 들리는 미국 연예계 소식은 그의 귀를 의심케

했다.

친구인 수현의 연인인 셀레나가 종종 파티에 나간다는 소식을 들었고, 그 자리에 남성 스타들도 여럿 참석한다는 이야기였다.

그런 이야기를 들었을 때는 수현과 셀레나의 관계를 잘 알고 있고, 무엇보다 수현에 대해 다른 누구보다 잘 알고 있다 생각한 존이었기에 별다른 의심을 하지 않았다.

하지만 방금 수현이 3개월간 셀레나를 만나지 못했다는 이야기를 듣고는 생각이 달라졌다.

설마 셀레나가 그 사이 수현에게 싫증이 난 것은 아닌가 하는 생각이 든 것이다.

"설마, 너희 벌써 권태기야?"

"그게 무슨 소리야? 만난 지 얼마나 됐다고 벌써 권태기를 느껴!"

존의 말을 들은 수현은 자리에서 펄쩍 뛰며 말했다.

하지만 종종 연락이 되지 않는 셀레나를 보면 혹시 그럴 수도 있겠다는 생각이 들기는 했다.

예전에 안선혜와 사귈 때 이와 비슷한 일이 있었는데, 나중에 알게 된 사실에 의하면 안선혜는 자신과 연락이 되지 않을 때마다 다른 이성을 만나러 가고는 했다.

안선혜는 친구의 부탁으로 어쩔 수 없이 미팅에 자리만 채우러 나간 것이라거나 빠질 수 없는 자리였다는 등의 수많은 변명을 했었다.

결국, 그녀와는 일방적인 이별 통보를 받고 헤어졌다.

자신이 너무나 순진했는지도 모르겠다. 그때는 자신만 허튼 생각하지 않고 바르게 있으면 상대도 곧 중심을 잡을 것이라 생각했다.

하지만 인간관계란 것이 그렇게 쉽게 이루어지는 게 아니란 것을 뒤늦게 깨달았다.

아무리 연인사이라도 서로에 대한 예의는 지켜야 한다.

만약 다른 이성을 만날 일이 있다면, 굳이 숨길 것이 아니라 당당하게 이야기를 해야 할 것이고, 양해를 구해야 한다.

만약 상대가 허락을 하지 않았다면, 그때는 선택을 해야 하는 것이다.

기존의 연인을 계속 만날 것인지, 아니면 헤어지고 다른 이성을 만날 것인지를 말이다.

그렇지 않고 연인 몰래 다른 이성을 만나고 관계를 유지하다가 어느 한쪽을 선택하는 것은 너무도 비겁한 행동이고, 이는 상대에 대한 예의가 아니다.

하지만 내가 하면 로맨스고, 남이 하면 불륜이라는 이런 마인드를 가진 사람들은 참으로 많다.

“뭔가 사정이 있겠지.”

존이 무슨 말을 하려는지 짐작한 수현은 애써 미소를 지으며 화제를 돌렸다.

“그나저나 이 시간에 무슨 일이야? 넌 아직 투어 일정이 남아 있지 않았어?”

수현은 문득 이상한 생각이 들었다.

그도 그럴 것이, 현재 존은 유럽에 있어야 할 때였다.

자신보다 좀 늦게 투어를 시작한 존은 아직 유럽 투어를 하는 기간이 끝나지 않았다.

존의 투어는 영국과 프랑스, 독일, 이탈리아를 비롯한 8개의 나라에서 공연을 하는 월드 투어였다.

멕시코와 파나마를 지나 남미 국가에 이어 유럽으로, 유럽 투어가 끝나면 태국, 필리핀, 말레이시아, 한국과 중국 그리고 일본으로 이어지는 아시아 투어까지! 존의 스케줄은 정말이지 꽉꽉 차 있었다.

그런데 지금 한창 유럽에서 공연을 하고 있어야 할 존이 LA에 있다는 것이 이해가 되지 않았다.

“아, 그거… 젠장!”

수현의 질문을 받은 존은 갑자기 욕을 하기 시작했다.

원래 존은 수현의 말대로 현재 유럽 투어를 진행 중이어야 했다.

그런데 공연 도중 문제가 발생한 것이다.

시리아에서 발생한 종파 간 분쟁으로 전쟁이 발발하면서 수많은 난민이 생겨났다.

살기 위해 고향을 떠난 난민들은 안전하고 살기 좋은 유럽으로 밀려들었는데, 하필이면 그중 일부가 테러리스트였다.

무장 테러 단체에 포섭된 건지, 아니면 원래부터 테러리스트였는데 난민으로 위장을 하고 유럽으로 들어온 건지는 자세히 알 수 없었지만, 그들로 인해 유럽에 산발적인 테러가 발생한 것이다.

이 때문에 대규모 인원이 모이는 공연은 취소가 되거나 연기가 됐다.

그런 일로 존의 공연도 중간에 취소가 된 것이다.

다른 연예인의 공연 중에 테러로 인해 인명 피해까지 발생한 상황이라 그냥 투어를 강행할 수는 없었다.

아니, 존이나 그가 속한 레이블에서 투어를 계속하려고 해도 당국이 허가를 하지 않을 것이 분명했기에 존이나 그의 레이블에서도 유럽 투어는 중단하기로 했다.

유럽 투어를 중단한 존은 아시아 투어 전에 시간이 남게 되어 미국으로 돌아왔다.

“유럽도 테러로 난리구나.”

“그렇지. 너도 겪어봐서 알겠지만, 그 새X들은 미친놈들이야! 그렇게 싸우고 싶으면 군인을 상대로 할 것이지, 왜 아무런 힘도 없는 민간인을 대상으로 그 지랄을 하는 건데!”

존은 정말로 화가 단단히 났는지 느닷없이 고함을 질러댔다.

고함을 지르는 존을 잠시 쳐다보던 수현은 문득, 올해에만 이상하게 테러가 빈번하게 발생하고 있다는 생각이 들었다.

1월은 파리에서 발생한 폭탄 테러. 3월에는 영국.

각각 지하철과 2층 버스에서 폭탄이 터져 사상자가 발생했다.

그리고 아시아도 테러를 피해 가지는 못했다.

영국에서 테러가 발생한 지 한 달이 채 지나지 않아 필리핀에서, 그리고 두 달 뒤 인도네시아에서도 이슬람 반군에 의해 테러가 발생했다.

이때는 상당히 큰 규모로 테러가 발생을 하면서 정부군과 이슬람 반군 간에 전투까지 벌어졌다. 이후 정부군이 반군에게 밀려 패퇴하던 도중, UN군이 전장에 도착했다.

전세가 역전된 이슬람 반군은 전투에 패하면서 자신들의 근거지 깊은 곳까지 숨어들었다.

미국에서도 총기 난사 사고가 발생을 했는데, 범인은 서른여덟 살의 파키스탄 출신 엔지니어와 열일곱 살의 어린 백인 청년이었다.

이 둘이 어떤 관계였는지는 확실하게 알려진 것이 없지만, 부모가 이혼을 하면서 버림을 받은 청년 벤자민 로이스가 엔지니어인 모하메드 하파를 무척이나 의지하고 따랐던 것으로 확인됐다.

두 사람은 무엇 때문인지 슈퍼마켓으로 들어가는 부부들을 향해 총기를 난사했다.

이들은 신고를 받고 출동한 경찰과 군인들에 의해 현장에서 사살됐는데, 두 사람이 일정한 거처도 없이 타고 있던 밴에서 숙식을 하고 오클라호마 일대를 돌아다니며 테러를 자행했다는 것이 뒤늦게 밝혀졌다.

그리고 모하메드 하파는 오래전부터 극단주의 이슬람 교리에 심취해 있었으며, 함께 있던 벤자민도 그런 모하메드

하파의 영향을 받아 함께 테러를 한 것이 아닌가, 라는 짐작을 할 뿐이었다.

이렇듯 1년 한 해 동안 굵직한 테러만 다섯 차례 이상 있었고, 어딘가에서는 테러와 함께 정부군과 반군 사이에 전투까지 벌어졌다.

수현은 이런 생각을 하다 문득 이상한 기시감이 느껴졌다.

이번에는 잘 넘겼지만 조만간 자신의 주변에 큰 변화가 있을 것이고, 그것이 테러와 연관이 있을 것 같다는 느낌이었다.

*　　　*　　　*

우우우웅!

하늘을 나는 비행기 안, 조그만 창밖으로 달빛과 별빛이 스며든다.

그 밑으로는 달빛을 받은 구름이 마치 융단처럼 깔려있어 낭만적으로 보이지만, 이를 보고 있는 수현의 가슴은 답답하기만 했다.

오랜만에 만난 셀레나는 예전에 알던 그녀가 아니었다.

분명 자신을 보며 밝게 웃고 살갑게 굴기는 했지만 수현은 느낄 수 있었다.

그동안 보지 못하던 3개월여 간, 그녀에게 뭔가 변화가 있었다는 것을 말이다.

그녀에게 무슨 일이 있었는지, 그리고 무엇을 숨기고 있는지 궁금하기는 했지만 굳이 물어보진 않았다.

그녀와 자신 간에 거리감이 생겼다는 것은 예민한 감각으로 진작 눈치를 챘다.

그럼에도 물어보지 않은 것은 수현의 마지막 자존심이었다.

아니, 그건 자존심이라기보다는 그녀에 대한 배려라고 하는 것이 맞을 것이다.

자신의 감정은 아직도 그녀와 연애를 시작하던 3개월 전의 그날과 다르지 않았다.

변한 것은 자신이 아닌 그녀였기에, 자신에게 숨기는 것이 있다면 언젠가는 말을 해줄 것이란 판단을 했다. 그리고 그건 그리 오랜 시간이 걸리지 않을 것이다.

아마도 그녀는 현재 자신에 대한 감정을 어떤 식으로든 정리를 하고 있을 것이 분명했기에, 결론이 난다면 이야기를 하기로 하고 그냥 묻어두기로 했다.

그렇지만 그것과는 별개로 기분은 그리 좋지 못했다.

자신을 보고 웃으며 대하는 그녀의 모습에서는 전처럼 그 안에 담긴 따스한 감정이 느껴지지 않았고, 마치 대중들 앞에서 연기를 하는 듯한 의무적인 미소만 보였기 때문이었다.

답답한 마음에 수현은 조용히 승무원 호출 버튼을 눌렀다. 그리고는 다가온 승무원에게 독한 위스키 한 잔을 부탁했다.

"위스키 한 잔, 부탁해요."

"네, 알겠습니다. 곧 가져다 드리겠습니다."

승무원은 조심스럽게 수현의 요구에 대답을 했다.

이곳 객실이 비행기에서 가장 비싼 좌석인 퍼스트 클래스이고, 수현이 세계적인 스타임을 잘 알고 있었기에 승무원으로서는 조심스러울 수밖에 없었다.

그리고 늦은 시간이다 보니, 몇 명 되지 않는 퍼스트 클래스 승객들이 모두 취침을 하고 있었기 때문에 조곤조곤 작은 목소리로 대답을 한 것이었다.

수현이 술을 요구한 지 얼마 지나지 않아, 카트를 밀고 온 승무원이 유리잔에 얼음을 채우기 위해 조심스럽게 얼음 집게를 들었다.

그러자 수현이 승무원을 제지하며 말을 했다.

“죄송하지만 얼음은 넣지 말고 주시겠습니까?”

“아, 네! 알겠습니다.”

수현의 요구에 승무원은 얼른 집게를 내려놓고, 준비한 유리잔에 고급 위스키를 따랐다.

퍼스트 클래스 승객을 위해 준비된 술은 다른 좌석의 승객들에게 공급되는 일반적인 저가의 술이 아닌 한 잔에 수십만 원이나 하는 고급스러운 술이었다.

“한 잔 더 부탁드립니다.”

수현은 승무원이 따라준 술을 단번에 들이키고는 컵을 다시 내밀었다.

승무원은 그런 수현의 모습에 잠시 움찔 했다. 뭔가 고민이 있는 모습이었기 때문이었다.

다른 승객들을 위해 조명을 어둡게 한 상태에서 창으로만 들어오는 달빛과 별빛만으로 비쳐 보이는 수현의 얼굴은 보는 이로 하여금 몽환적인 느낌을 받게 했지만, 그 안에 보이는 인상이 서글퍼서 이를 보는 승무원의 심장을 아리게 했다.

“네, 알겠습니다.”

“감사합니다.”

수현은 사실 술을 별로 좋아하는 편은 아니다. 그렇기 때문에 다른 때는 비행 중이나 이동 중에는 절대로 술을 마시지 않는다.

하지만 오늘은 왠지 술이 당겼다. 그것도 독한 독주가 말이다.

탁!

"감사합니다."

승무원이 두 번째 따라준 술을 단번에 비운 수현은 승무원에게 고맙다는 말을 했다.

"더 필요하신 것은 없으십니까?"

다른 때 같았으면 승객의 말을 듣고 바로 일어났을 테지만, 수현에게서 느껴지는 뭔가 아릿한 느낌은 승무원이 재차 질문을 하도록 유도했다.

"아닙니다. 창밖으로 보이는 풍경을 보다보니 왠지 감상적이 되어버렸습니다. 더 이상 필요한 것은 없습니다."

"네, 알겠습니다. 필요한 것이 있으시면 언제든 불러주십시오."

더 이상 필요한 것이 없다는 수현의 대답에 정중하게 인사를 하고 자신의 자리로 돌아가는 승무원, 그런 승무원의 뒷모습을 잠시 바라보던 수현은 다시 창밖으로 시선을 돌렸다.

그리고는 창밖을 보며 멍하니 다시 한 번 생각을 정리하기 시작했다.

*　　　*　　　*

수현이 태평양 상공을 날고 있을 때, LA의 모처에서 수현과 비슷하게 뭔가 생각에 잠겨있는 사람이 있었다.

그 사람은 바로 수현과 연인으로 알려진 셀레나 로페즈였다.

셀레나는 한 시간 전, 연인인 수현과 데이트를 하고 집으로 돌아왔다.

그녀는 세계적인 스타였기에 뉴욕뿐만 아니라 이곳 LA에도 집이 있었고, 플로리다와 콜로라도 등 다른 도시에도 집과 별장을 몇 채씩 가지고 있었다.

LA에서의 생활은 두 달 전부터 시작됐다. 내년에 발표할 신곡 작업 때문이었다.

처음 한 달은 쉴 새 없이 작업에만 열중했다.

하지만 문제는 그 뒤였다. 신곡 작업은 순조롭지 않았다.

비록 싱글앨범이긴 하지만, 이전에 발표한 앨범보다는 퀄

리티가 높아져야 한다는 생각에 신경을 쓰다 보니 스트레스가 쌓이기 시작했다.

그래서 스트레스를 풀기 위해 클럽에 갔다.

예전에 어울리던 친구들이 있었기에 그들이 여는 파티에 간 것이다. 그 파티는 테일러 스위트와 그녀의 친구들이 하는 파티였다.

그녀들은 일명 테일러 스쿼드라는 연예계 사조직이었다.

팝스타인 테일러와 그녀의 친한 친구들 몇 명이 모여서 사적으로는 서로의 생일이나 경조사를 챙기고, 공적으로는 서로의 인지도를 이용해 서로 상부상조하는 모임이었다.

그중에 가장 유명한 인물이고 중심인 인물이 테일러 스위트였기에 연예계에서는 이들을 두고 테일러 스쿼드라고 불렀다. 이는 영화 '데스 스쿼드' 라는 영화에서 따온 명칭이었다.

데스 스쿼드라는 영화의 내용은 이렇다.

주인공들은 모두 세계적인 악당들이다. 악당이 주인공인 아주 황당한 설정이지만 그 내용을 보면 그럴듯하다.

흉악한 범죄를 저질러 사형이 선고되고, 사형 집행일만 기다리는 이들에게 구사일생으로 살아날 기회가 주어진다.

이들은 흉악한 악당이지만, 그렇다고 인류의 생존을 위협

하는 악당은 아니었다.

그런데 이들이 모두 붙잡혀 감옥에 가 있는 사이에 이들을 능가하는, 아니, 인류를 멸망시키려는 악당이 등장한 것이다.

세계 정부는 도저히 자신들만으로는 감당이 안 되는 적을 막기 위해, 급기야 동양의 병법인 이이제이(以夷制夷)를 사용하기로 하고 사형수인 이들을 소집해 제안을 한다.

이렇게 만들어진 것이 바로 데스 스쿼드다.

그런데 팝스타인 테일러 스위트를 비롯한 그녀의 친구들, 여기에 셀레나 로페즈까지 싸잡아 영화의 악당들이 만든 팀인 데스 스쿼드와 비슷하게 부르는 데는 이유가 있었다.

그것은 바로 이들이 자신들의 제안을 거절한 연예인이나 자신들의 비밀을 외부에 폭로한 멤버에게 큰 보복을 가하기도 했기 때문이었다.

꽃같이 아름다운 여성 스타들의 속내가 결코 겉으로 보이는 것처럼 아름답지만은 않다는 게 세상에 알려지면서 그렇게 불리게 된 것이다.

영화 속 악당에 비견될 정도로, 자신들과 척을 진 사람을 비난하고 비방하는 것을 서슴지 않는 그녀들의 행동에 수많은 팬들이 실망을 하며 붙여준 별명 아닌 별명이었다.

그런데 셀레나는 올해 초, 수현과 만나기 시작하면서 그녀들과 만나지 않았다.

그녀들은 한창 꽃피울 나이인 20대 초중반의 성공한 여성들이다.

그러다 보니 그녀들은 언제나 자신들의 성공을 남에게 알리는 데 주력하며 화려한 파티와 함께 했다.

그때문에 파파라치의 표적이 되고 가십에 오르기도 했다.

셀레나 또한 모임을 한 번도 빠지지 않고 계속 나갈 정도로 이들과 어울렸었다.

그러다 정신을 차린 것이 바로 수현을 만난 이후부터였다.

언제나 바른 생활을 하는 수현을 만나면서, 그동안에 자신이 하던 행동들을 뒤돌아보았다.

자신은 그것이 성공을 위한 것이라 생각했지만, 뒤돌아보니 그런 것이 아니었다.

자신 또래의 성공한 스타들과 어울리면서, 자신도 그녀들처럼 성공했다는 것을 확인 받고 싶어서 몸부림쳤을 뿐이었다.

분명, 그녀는 남들이 보기에도 크게 성공한 사람이다.

그럼에도 본인은 그것을 믿지 못하고 다른 사람들(테일러 스쿼드)과 어울리면서 만족감을 찾은 것이다.

이러한 잘못을 뒤늦게 깨달은 셀레나는 그들과 거리를 두기 시작했다.

물론 완전히 관계를 끊은 것은 아니었다.

어찌되었든 사업적으로 서로 도움이 되었기에 셀레나는 종종 그녀들과 연락을 하고 생일에는 축하 메시지도 보냈다.

그러다 앨범 작업을 하던 중에 스트레스가 쌓이자, 이를 참지 못하고 다시 그녀들과 어울렸던 것이다.

가까이에 연인인 수현이 있었다면 그에게서 위로와 격려를 받았을 테지만, 앨범 작업을 하던 LA와 투어를 하는 수현이 있는 도시는 너무도 멀었다.

뿐만 아니라 전국 투어를 하던 그에게 자신의 일로 부담을 주고 싶지가 않았다.

이 또한 그녀의 자존심 때문이었다.

처음 수현을 만났을 때만 해도 그보다 자신의 인기가 더 높았다. 하지만 그 관계는 금방 역전되었다.

수현이 본격적인 미국 진출을 선언하면서 불과 몇 개월 사이에 수현의 인기는 급상승했다.

드라마에서의 카리스마 넘치는 미친 존재감이 현실에서

도 여과 없이 발휘가 되었다.

그가 가는 곳마다 팬들은 그의 극중 이름을 부르며 모여들었다.

분명 자신이 옆에 있는 것을 보았으면서도 그를 먼저 찾는 팬들의 모습에는 신경도 쓰지 않는다는 듯 축하를 해주었지만, 마음 한편으로는 꽤나 씁쓸한 기분이었다.

얼마 전까지만 해도 함께 나가면 그보다는 자신을 먼저 알아보는 팬들이 많았고, 파파라치들도 자신을 중심으로 사진을 찍었다.

하지만 그가 찍은 드라마가 방송에 나간 뒤로 그 판세는 역전이 되어버렸다.

이 상황을 다시 역전시키고 싶었던 셀레나는 죽기 살기로 이번 앨범을 준비했다.

그러다 보니 스트레스를 받는 강도도 점점 늘어나게 되었고, 이를 풀기 위해 친구들과 어울리다보니 어느새 예전의 삶으로 돌아갔다.

그리고 그것뿐이었다면 좋았을 텐데, 그렇게 파티를 즐기던 중에 한 사람을 알게 되었다.

그 사람 또한 테일러 스쿼드의 파티에 초대될 정도로 인지도가 높은 사람이었다.

키가 크고 외모도 잘생겼으며, 좋은 매너를 가졌다.

처음에는 단순히 파티에서 어울리는 친구 정도로만 생각을 했는데, 그가 적극적으로 대시를 하자 자기도 모르게 끌리기 시작했다.

애인은 저 멀리 다른 도시에서 공연을 하는 중이라 만날 수도 없는데, 이 남자는 힘들어 하는 자신의 고민을 들어주고 옆에서 조언까지 해주었다.

마치 마른 수건에 물이 스며들듯 자연스럽게 그와 가까워지기 시작했다.

물론 그와 잠자리를 하진 않았다.

수현과 사귀면서 자신도 모르게 수현에게서 영향을 받았기 때문이었다.

셀레나는 여느 미모의 젊은 여성이나 스타들처럼 쉽게 만나 관계를 맺고 그러다 헤어지는 인스턴트식 사랑을 부정적으로 생각하게 되었다.

그랬기에 새로운 남자에게 호감을 가지고는 있었지만, 아직 수현과의 관계가 정리된 것이 아니었기에 마지막 선은 지켰다.

그런데 그렇게 새로운 남자에게 호감을 가지면서도 수현에 대한 사랑이 식지 않았다는 것을 이번에 데이트를 하면서 확인했다.

이 때문에 지금 셀레나는 자신의 감정을 어떻게 해야 할지 갈피를 잡지 못하고 있었다.

오늘 고향으로 돌아가는 수현을 배웅하기 위해 공항에 나갔던 그녀는 헤어질 때 보았던 수현의 표정을 떠올렸다.

셀레나는 자신이 잘 숨겼다고 생각하던 것이 들켰다는 것을 직감했다.

잠시 화장을 고치기 위해 콤팩트를 열었을 때, 거울에 비친 그의 눈빛을 보았다.

자신을 볼 때는 환하게 웃고 있었는데, 자신이 고개를 돌렸을 때 바라보던 쓸쓸한 눈빛은 연인에 대한 배신감과 실망감이 섞인 그런 슬픈 눈빛이었다.

이를 보게 된 것은 아주 우연이었는데, 거울을 통해 그 슬픈 눈빛을 보았을 때 셀레나는 심장이 멎는 줄 알았다.

너무도 부끄럽고 창피했다.

수현은 누가 보더라도 완벽한 연인이다. 신체적으로든 정신적으로든, 외적인 모든 것에서 수현은 완벽했다. 솔직히 그런 것이 부담이 될 때도 있었다.

하지만 그럼에도 그가 좋았다. 언제나 자신을 배려해주고, 자신을 위해 조언도 해주는 그가 좋았기에 일 때문에 바빠 자주 보지는 못해도 그의 목소리를 들으면 설렜다.

그런데 어쩌다 여기까지 왔는지…….

셀레나는 말리브 해변이 보이는 창밖을 보며 한숨을 쉬었다.

새로운 남자로 인해 설레는 것도 포기하고 싶지 않았고, 수현과 헤어지는 것도 싫었다.

수현과 함께 있으면 셀레나는 포근함과 안정감이 들었다.

연애 초기의 설렘은 줄었지만, 그와 함께하면서 자신이 보호를 받고 있다, 안전하다, 대우를 받고 있다는 느낌은 훨씬 커졌다.

실제로 그와 사귀기 시작하면서 그동안 그녀를 따라다니던 구설수도 많이 줄었다.

그전만 해도 셀레나는 무수한 악플에 시달렸다.

특히나 전 애인인 저스트를 다시 만나면서, 그녀의 안티는 더욱 늘어났다.

기존에 그녀를 비난하던 안티뿐만 아니라, 저스트의 안티들 그리고 저스트의 팬들까지 셀레나가 성공을 위해 유명인인 저스트를 이용한다며 비난을 해댔다.

저스트의 방탕한 사생활 때문에 자신이 고생을 하는 것은 알지도 못하면서 말이다.

그러다 수현을 만나면서 많은 위로와 격려를 받았다.

저스트와 함께할 때는 온갖 비난이 쏟아졌는데, 수현을 만나면서 그런 말은 쏙 들어갔다.

아니, 완전히 사라진 것은 아니었지만, 그런 비난이 나올 때면 수현의 팬들이 나서서 악플러들과 싸워주었다.

이런 생각들이 연이어 꼬리를 물면서 셀레나는 그럴수록 더욱 수현에 대해 미안한 감정이 들었다.

그리고 어느 순간부터인가, 파티에서 만난 그 남자의 얼굴은 전혀 떠오르지 않았다.

수현을 보기 전까지만 해도 그 남자를 향해 두근거리던 설렘은 사라지고, 그녀의 머릿속은 온통 수현에 대한 미안함과 고마움, 그리고 몇 시간 전에 배웅을 했는데도 불구하고 그리움이 샘솟았다.

수현의 얼굴이 머릿속 가득 떠오르자 셀레나는 참지 못하고 주변을 두리번거렸다.

셀레나의 얼굴엔 무언가를 찾는 표정이 역력했다.

"어디 있지?"

셀레나는 자신의 휴대폰을 찾고 있었다.

수현을 배웅하고 돌아와 어딘가에 둔 것 같은데 생각이 나지 않았다.

그런데 이때 저 멀리 어딘가에서 전화벨 소리가 울렸다.

"아!"

공항에서 돌아와 샤워를 하던 중에 테일러와 통화를 했다. 샤워가 끝난 뒤 그대로 욕실에 놓고 온 것이 생각난 것이다.

"여보세요, 셀레나입니다."

셀레나는 얼른 욕실로 뛰어가 전화를 받았다.

전화를 건 사람은 샤워할 때 통화한 테일러 스위트였다.

"미안, 테일러! 오늘은 안 되겠어. 급한 볼일이 생각나서……."

오늘도 파티가 있었다. 오늘 파티를 주최한 사람은 그녀와 함께 테일러 스쿼드에 속해있는 엘리 골드였다.

영국 출신의 여성 싱어송 라이터인 엘리 골드. 사실 그녀와 셀레나 로페즈는 그리 친한 사이가 아니다.

다만 스쿼드의 리더인 테일러 때문에 몇 번 어울렸을 뿐이었다.

더욱이 자신이 수현과 사귄다는 것에 질투를 하는 것인지, 아니면 다른 이성이 자신에게 호감을 가지는 것에 질투를 하는 것인지 확실하진 않지만, 종종 그녀의 눈빛에서 자신을 무시하거나 깔보는 느낌을 받을 때가 있었다.

그렇지 않아도 가고 싶지 않은 자리였다.

그랬기에 생각난 김에 테일러에게 오늘 파티에 참석하지 못한다는 이야기를 한 것이다

“다음에 시간 있을 때 보자!”

셀레나는 그렇게 약속을 취소하고 다시 옷을 챙겨 입기 시작했다.

Chapter 9

비 온 뒤에 굳은 땅

띵!

― 기장입니다. 본 항공기는 로스앤젤레스 국제공항을 출발하여 대한민국 인천 국제공항으로 향하는 KE001입니다. 곧 도착지인 인천 국제공항에 도착을 하오니, 자리에 앉으셔서 안전벨트를 해 주시고, 승무원의 지시에 따라주시기 바랍니다.

스피커에서 기장의 기내 방송이 나왔다.

조용히 책을 보고 있던 수현은 안내 방송에 따라 책을 덮고 안전벨트를 했다.

고개를 돌려 창밖을 보니, 익숙한 도시의 풍경이 구름 아래로 보이기 시작했다.

'오랜만이네.'

구름 밑으로 보이는 인천 공항과 저 멀리 인천이 아스라이 눈에 담겼다.

무려 1년여 만에 돌아오는 고국이다.

작년 연말 시상식이 있던 때, 인천 공항을 통해 중국으로 그리고 다시 그래미 시상식이 있는 미국 뉴욕으로 떠났다.

그리고 바로 뒤에 잡힌 방송 스케줄과 울프TV의 드라마 촬영 등 미국 활동을 시작하면서 한국으로는 들어오지 않았다.

여름 휴가철에도 너무 바빠, 부모님과도 그저 전화로만 잠깐 통화를 하는 정도에 그쳤다.

하지만 이제는 투어도 끝나고 좀 소원해지기는 했지만 연인인 셀레나도 만나고 돌아 왔다.

생각해 보면 1년 사이, 무척이나 바쁘게 돌아다녔다는 생각이 들었다.

'내년에는 스케줄을 좀 줄여야 할 것 같네.'

너무도 정신없이 스케줄을 소화하다 보니 수현은 자신이 무엇 때문에 이 일을 하는 것인지 모르겠다는 생각마저 들었다.

'도착하면 그동안 못 본 친구들이 어떻게 지내나 만나봐야겠다.'

수현은 성격상 친구들을 그리 많이 사귀는 편이 아니었다.

원래 그는 연예인이 되려고 생각한 적은 눈곱만큼도 없었다.

그러다가 최유진의 경호를 맡게 되었고, 그녀의 화보 촬영장에 따라갔다가 우연히 상대 남성 모델이 사고로 펑크가 나면서 대역을 하게 됐다.

그것이 계기가 되어 연예계에 입문을 하게 되었고, 인생 게임 스타 라이프의 시스템 영향으로 외모가 조금씩 바뀌면서 엄청난 인기를 얻었다.

타고난 하얀 피부에 시스템의 도움으로 신체가 최적화 되면서, 다른 사람이 보기에 가장 완벽한 모습이 되었다.

그러다 보니 남성 모델을 원하던 광고업체에선 수현을 자주 찾았고, 또 최유진의 후원으로 아이돌, 그리고 또 연기자로 영역을 넓혀갔다.

수현의 활동 영역이 넓어지면서 그와 함께 인기도 덩달아 상승했다.

그렇게 인기가 높아질수록, 수현이 예전 학창시절에 사귀던 친구들과 만나는 시간은 비례적으로 줄어들게 되었다.

수현은 수현대로 스케줄이 바빠 시간을 낼 수 없었고, 친구들은 날로 인기가 높아지는 수현을 보면서 부담이 되어 연락을 하지 못했다.

그러다 보니 자연스럽게 연락이 뜸해지면서 멀어졌는데, 1년 만에 한국에 돌아오니 문득 친구들 얼굴이 생각난 것이다.

“손님, 인천 공항입니다.”

수현이 생각에 잠겨 있을 때, 언제 다가왔는지 승무원이 비행기가 인천 공항에 도착했다는 것을 알려주었다.

퍼스트 클래스 승객들이 먼저 내려야 비즈니스 클래스나 이코노미 클래스의 승객들도 내리기 때문이었다.

“아, 도착했군요. 죄송합니다.”

수현은 자신이 깊은 생각에 잠겨 도착한 것도 모르고 계속 좌석에 앉아 있어 곤란을 겪고 있던 승무원을 보며 사과를 하고 자리에서 일어났다.

그런데 승무원의 반응이 조금 이상했다.

하지만 그도 그럴 것이, 보통 퍼스트 클래스 승객들은 방금 전 수현처럼 말을 하지 않기 때문이었다.

다른 사람이 어떻든지 본인 위주의 생각을 가지고 무대포로 반응을 하는 사람들이 대부분이었다.

즉, 자신 때문에 다른 승객들이 비행기에서 내리지 못한 채 대기하는 불편을 겪고 있다는 것은 생각지도 않고, 자신의 사색을 방해했다면서 고함을 지르거나 진상을 부리는 게 일반적이었다.

아니면 그것을 빌미로 승무원에게 전화번호를 요구한다거나, 공항 밖에서 만나자며 수작을 부리기도 했다.

그런데 수현은 슈퍼스타이면서도 비행하는 내내 어떠한 상식 밖의 요구나 무례한 행동도 하지 않았다.

예전 모 연예인은 마일리지를 이용해 좌석 업그레이드를 요구했다가 순번에서 밀려 요구가 받아들여지지 않자 술에 취해 비행기 안에서 난동을 부려 물의를 일으키기도 했다.

또 모 기업 부회장은 자신의 부주의로 라면 국물에 뎄다가 잘못을 승무원에게 뒤집어씌우며 갑질을 한 사건도 있었다.

그에 비해 수현은 비행 중 술 두 잔을 요구한 것 외에는 다른 것을 요구한 적이 없어서, 오랜 시간 비행을 하며 피곤하긴 했지만 승무원은 다른 때와 비교하면 참으로 편한 비행을 했다는 생각이 들었다.

그렇기에 방금 전에도 수현이 자신이 늦은 것에 대해 사과를 하자 놀란 것이었다.

유독 퍼스트 클래스 승객들이 자신의 생각을 방해하는 것에 민감하게 반응하는 사례가 많았는데, 방금 수현을 상대하던 승무원도 그런 일을 겪은 사람 중 한 명이었다.

그렇게 승무원이 놀라고 있을 때, 수현은 미리 준비한 자신의 캐리어를 챙겨 비행기에서 내렸다.

*　　　*　　　*

— **로스앤젤레스를 출발하여 인천 국제공항으로 오는 한국 항공 소속 KE001편 비행기가 13시 00분에 도착하였습니다. 나오는 게이트는 17번 게이트입니다.**

스피커에서 방금 미국 LA 공항에서 출발한 한국 항공 비행기가 도착했다는 안내 방송이 나오자, 인천 공항 VIP 대기실에서 쉬고 있던 금발의 여성이 자리에서 일어났다.

“직접 가려고? 그러지 말고 여기 있어. 내가 갔다 올게.”

올리비아는 자신이 담당하는 연예인이 자신의 인지도는 생각지 않고 사람들이 몰려 있는 곳으로 나가려 하자 놀라며 소리쳤다.

"아니야. 내가 직접 마중 나갈 거야."

셀레나는 요동치는 심장을 진정시키며, 또박또박 자신이 직접 수현을 마중 나가겠다고 대답했다.

그런데 수현이 한국으로 떠날 때, LA공항에서 배웅을 하던 셀레나가 어떻게 수현보다 먼저 이곳 인천 공항에 있을 수 있었을까? 사실 그 이유는 별것이 없다.

돈이면 모든 것이 해결이 된다.

물론 물리적으로 한계가 있기는 하지만, LA에서 인천 공항까지 걸리는 시간은 평균 열세 시간이다.

인천 공항에서 LA로 갈 때는 이보다 두 시간 정도 빠른 열한 시간이면 충분하지만, LA에서 인천으로 올 때는 바람의 방향이 반대이기 때문에 바람의 저항으로 이보다 두 시간이 더 소요되는 것이다.

그런데 셀레나는 수현보다 두 시간 정도 늦게 LA에서 출발을 했으면서도 어떻게 수현보다 빨리 이곳에 올 수 있었을까. 그것은 바로 정규 항공사를 이용한 것이 아닌, 비즈니스 제트 여객기를 이용했기 때문이었다.

늦은 시각이라 평소보다 더 높은 비용을 지불했지만, 세계적인 스타인 셀레나에게 그것은 부담이 될 정도의 금액이 아니었다.

헐리웃 스타들은 자신의 개인 제트기를 가지고 있는 사람도 많았다.

셀레나 또한 그동안 벌어들인 재산으로 개인 비행기를 살 수도 있었지만, 아직 어린 그녀는 굳이 그렇게까지 할 필요를 느끼지 못해 장거리 비행이 필요할 때면 이번처럼 비즈니스 제트기를 대절해 이용했다.

"하아……."

자신의 할 말만 하고 먼저 나가버리는 셀레나의 모습에 올리비아는 크게 한숨을 쉬며 급히 그녀의 뒤를 따랐다.

그러면서도 조금 전 그녀가 도착했을 때 공항의 상황이 또 다시 재현될 것이 생각나 고개를 절레절레 저었다.

*　　　*　　　*

웅성! 웅성!

게이트를 나오던 수현은 출입문이 열리며 공항 로비로 나왔을 때, 너무도 많은 사람들이 게이트 앞에 몰려 있는 것을 보고 깜짝 놀랐다.

물론 자신이 도착한다는 소식을 들은 기자들이 공항에 와 있을 수도 있을 것이란 생각이 들기는 했다.

하지만 곧 그렇지는 않을 것이란 생각이 동시에 떠올랐다.

그런 생각을 한 것은 수현이 몇 년 전 기자회견에서 자신의 사진을 함부로 허가 없이 사용한다면 초상권 침해로 고소를 하겠다고 선언을 했기 때문이었다.

최유진과의 스캔들로 인해 수현은 엄청난 스트레스를 받았다.

이후 그 일로 최유진이 연예계에서 은퇴를 하고 자신은 죽일 놈이 돼버린 것이, 모두 정치권에서 자신의 잘못을 숨기기 위해 벌인 조작이라는 것을 알게 됐다. 그리고 언론은 이에 동조해 마녀사냥을 하듯 진실을 호도했기에 분개한 수현이 그런 선언한 것이었다.

그리고 실제로 동생들인 로열 가드는 자신 때문에 1년 동안 한국에 컴백을 하지 못했다.

그 후, 자신이 빠진 상태에서 불완전하게 국내 복귀를 하고 활동을 했던 것이 멤버들에게 미안했던 수현은 동생들의 면을 세워주기 위해 작년 연말 시상식에 잠깐 참석한 것이 한국에서 활동한 전부였다.

이는 공식적으로 수현이 수용을 했기에 가능했던 것이었다.

로열 가드가 미국 시장에 진출하고 로열 가드의 소식이 국내에 전해지면서 언론사들은 수현에 대한 언급을 극도로 조심했다.

자칫 이상한 기사가 나가면 이번에는 언론사의 존폐가 걸릴 정도로 큰 소송이 될 수도 있기 때문이었다.

아직 국내에서는 잘못에 대한 피해 보상 제도가 이야기만 나오지 적용되지는 않고 있다.

하지만 미국은 그렇지 않다. 피해자에 대한 피해 보상으로 법치적인 요소가 가미되어 천문학적인 배상비용이 적용되는 사례가 많았다.

예를 하나 들자면, 담배를 피우다 후두암에 걸린 환자가 담배 회사를 상대로 소송을 걸었다.

흡연을 하면 후두암, 폐암 등 각종 암에 걸린다는 사실을 모두가 알고 있음에도, 법원은 환자의 편을 들어 수억 달러나 하는 천문학적인 금액을 배상하라고 판결을 내렸다.

이뿐만이 아니다. 미국의 축제 중 하나인 할로윈 축제에 사용되는 코스프레 의상도 소송이 걸린 적이 있었다.

슈퍼맨 의상이었는데, 한 아이가 할로윈 축제 때 슈퍼맨 의상을 입고 높은 곳에서 뛰어내려 부상을 당한 일이 있었다.

이때도 법원은 고소인의 손을 들어주었다.

그러니 비록 수현이 한국인이라고는 하지만 현재 미국에서 주로 활동을 하고 있으니 자칫 소송이 한국이 아닌 미국에서 벌어질 수도 있고, 현재 미국에서 수현은 영웅으로 취급받고 있기에 전적으로 한국의 언론사가 불리한 입장에 놓일 수밖에 없었다.

그런 이유로 로열 가드의 소식을 전할 때도 다른 멤버들에 대한 언급은 활발하면서도 수현에 대해서는 조심스러운 논조로 언급할 정도였다.

그런데 지금 공항 로비에는 수많은 사람들과 또 카메라를 들고 있는 기자들이 몰려 있었다.

의아한 생각에 고개를 돌리던 수현은 너무도 놀라운 광경을 목격하게 되었다.

절대로 이곳에 있을 수 없는 사람이 지금 자신의 눈앞에 있었다.

"셀레나!"

수현은 연인인 셀레나 로페즈의 얼굴을 보며 자신도 모르게 소리를 쳤다.

갑작스러운 수현의 커다란 목소리에 주변에 있던 사람들의 시선이 모두 수현에게로 향했다.

타다다닥!

덥석!

쪽!

수현의 모습이 게이트 밖으로 보이자마자 셀레나는 빠르게 달려가 그의 품에 안겼다.

그리고는 다른 사람들이 보거나말거나 수현의 입술에 자신의 입술을 가져가 키스를 했다.

찰칵! 찰칵!

우후!

아무리 한국이 예전보다 개방적이 되었다고는 하지만, 남녀가 이렇게 대낮에 공개된 장소에서 열정적으로 키스를 하는 것은 흔히 볼 수 있는 광경이 아니다.

그런데 지금 세계적인 명성이 자자한 두 남녀가 공항에서 기자들도 보고 있는 가운데 아무런 거리낌 없이 키스를 하고 있었다.

기자들은 기다렸다는 듯 두 사람의 키스 장면을 찍기 시작했고, 주변에 있던 사람들도 수현과 셀레나의 키스에 자신도 모르게 흥이 돋는 것인지 환호를 했다.

삑! 삑!

언제 다가왔는지 공항 보안 요원들이 열정적으로 키스를

하고 있던 수현과 셀레나의 주위를 감쌌다.

혹시나 돌발 상황이 있을 것을 예상해 셀레나의 매니저인 올리비아가 사전에 부탁을 하여 대기하고 있다가 출동을 한 것이었다.

*　　　*　　　*

한바탕 소동이 있은 후, 수현과 셀레나는 공항을 빠져나갔다.

공항 출입구를 빠져나오니 로열 가드의 매니저인 용근의 모습이 보였다.

"어!"

로열 가드 멤버들이 미국 투어를 마친 후 휴식기에 접어들자 매니저들도 교대로 휴가를 갔다.

하지만 용근은 수현이 다른 로열 가드 멤버들과는 달리 미국에서 좀 더 머물다 한국으로 들어올 예정이었기에 먼저 휴가를 다녀온 상태였다.

그는 수현이 한국에 있을 동안 매니저가 필요할 때 수현을 수행할 예정이었다.

그래서 수현이 들어오는 날 시간에 맞춰 공항에 마중 나와 있었는데, 생각지도 못한 사람이 수현과 함께 공항에서 나오자 놀란 것이었다.

"형, 오셨어요. 셀레나 양, 올리비아 씨, 안녕하세요."

용근은 순간 당황했지만 곧바로 한국에 도착한 수현과 셀레나, 그리고 셀레나의 매니저인 올리비아에게도 인사를 건넸다.

"오늘도 네가 나온 거냐? 휴가 아니었어?"

수현은 용근을 보자 반갑게 웃으며 인사를 했다.

"반가워요."

"안녕하십니까?"

용근의 인사에 그녀들도 인사를 했다.

"그런데 두 분은 어떻게……."

그는 셀레나도 함께 한국에 올 것이란 이야기는 전혀 듣지 못한 상태였다.

용근은 시선을 셀레나에게 고정한 채 수현에게 질문을 했다.

"나도 자세한 것은 아직……. 여기서 이럴 것이 아니라 일단 출발하자."

수현도 셀레나가 무엇 때문에 한국에 왔는지, 그리고 어떻게 LA공항에서 배웅을 해주었으면서도 자신보다 먼저 한국에 와 있는지 무척 궁금했다.

하지만 그 이야기를 하기에는 공항 출입구는 썩 좋은 장소가 아니었다.

“네, 일단 짐은 제게 주세요.”

용근은 수현의 말을 듣고 얼른 그에게서 짐을 넘겨받았다.

그러면서 조심스럽게 셀레나와 올리비아를 쳐다보았다.

그녀들에게도 짐이 있으면 달라는 소리였다.

‘아!’

용근의 시선을 받은 셀레나는 순간 속으로 자신이 무엇을 깜빡했는지 깨달았다.

수현에게 사과를 하고 싶은 마음에 급히 오느라 제대로 짐을 챙기지 못했다는 것을 이제야 깨달은 것이다.

그런 셀레나의 모습에 올리비아는 작게 한숨을 쉬었다.

셀레나가 너무 재촉을 하는 바람에 그녀 또한 급하게 비즈니스 제트기를 섭외하느라 다른 필요한 것을 미처 챙기지 못했기 때문이었다.

그런 관계로 현재 그녀들이 가지고 있는 것은 아주 작은 캐리어 하나뿐이었다.

자신의 옆에 놓인 작은 크기의 캐리어 두 개를 내려다보는 올리비아의 모습에 용근과 수현 그리고 셀레나 또한 그녀가 쳐다보고 있는 캐리어에 시선을 주었다.

'아!'

수현은 그녀가 무엇 때문에 한숨을 쉬는 것인지 그제야 알게 되었다.

"짐이 너무 단출하네?"

스타가 한 번 움직이는 데 필요한 짐은 상당히 많다.

그리고 그것은 여성 연예인, 그것도 셀레나 정도로 인지도가 있는 톱스타가 움직인다면 수행원만 열 명이 넘어간다.

하지만 현재 셀레나의 수행원이라고는 매니저인 올리비아뿐이었다.

이제야 그런 것이 눈에 들어온 수현은 더욱 궁금해졌다.

투어를 끝내고 그녀와 오랜만에 만나 데이트를 한 후 LA 공항에서 배웅을 받을 때 느꼈던 어색함과 부자연스러운 감정은 한국으로 돌아오는 내내 그를 고민하게 만들었다.

그런데 무슨 깜짝 이벤트도 아니고, 생각이 정리되기도 전에 자신이 미국 LA 공항을 출발할 때 배웅을 받은 것이 꿈이 아닐까 착각할 정도로 셀레나는 마치 시간 여행을 한 것처럼 자신보다 먼저 도착해 공항에서 자신을 마중 나왔다.

그냥 마중 나온 정도가 아니라, 마치 헤어진 연인이 몇 년 만에 돌아온 것마냥 다른 사람들의 시선은 생각지도 않고 열정적으로 그를 맞이해 주었다.

그런데 처음에는 너무 당황해 인지하지 못했는데, 공항을 빠져나오고 보니 뭔가 어색하다는 것을 지금에서야 깨달았다.

그렇지만 수현은 그것을 굳이 지금 이야기하지는 않았다.

"사람들 더 몰리기 전에 일단 가자."

현재 상황이 정상적이지 않다는 것을 깨달은 용근은 셀레나와 올리비아의 캐리어를 급히 밴에 실었다.

탁!

"그럼 출발하겠습니다."

셀레나와 올리비아의 캐리어를 받아 밴에 싣고 돌아온 용근이 먼저 밴에 타고 있던 수현에게 말했다.

"그래."

부우웅!

찰칵! 찰칵!

수현과 셀레나가 탄 밴이 공항을 빠져나가는 그 순간까지

기자들과 팬들은 카메라로 그 모습을 찍고 있었다.

수현의 사진을 기사화하는 것이 쉽지는 않겠지만, 그래도 일단 필요하다 싶어 습관적으로 찍는 것이었다.

*　　　*　　　*

달리는 차 안, 수현은 잔잔한 목소리로 셀레나를 보며 물었다.

“그런데 어떻게 된 거야?”

조금 전 공항 게이트 앞에서도 그녀를 만났을 때 물어본 질문이지만, 그 당시에는 갑자기 달려든 셀레나의 열정적인 키스에 막혀 대답을 듣지 못했다.

밴 안에서 또 다시 같은 질문을 하는 수현의 말에 셀레나보다는 그녀의 옆에 앉아 있던 올리비아에게서 작은 반응이 나왔다.

“하아…….”

저도 모르게 나온 깊은 한숨에 순간 정신을 차린 올리비아가 급히 얼굴색을 바로 했다.

하지만 이미 그녀의 변화를 보았기에 수현은 잠시 그녀에게 시선을 두었다가 다시 셀레나에게로 시선을 고정시켰다.

그런 수현의 모습에 셀레나는 살짝 코끝을 찡긋하더니 이야기를 하기 시작했다.

"음… 어디서부터 이야기를 해야 할까."

입을 연 셀레나는 자신이 저지른 잘못이 있기에 목소리가 살짝 떨렸다.

조금 전 수현과 재회를 했을 때의 당당하고 행복해하던 것이 무색할 정도로 침울한 표정이었다.

"일단 수현 씨에게 미안하다는 사과를 하고 싶어."

"응?"

느닷없는 그녀의 사과에 수현은 뭐지 라는 표정을 지었다.

"수현 씨가 느꼈는지는 모르겠지만, 나 사실 그동안 다른 사람을 만났었어."

셀레나는 마치 신부님에게 고해성사를 하듯, 떨리지만 담담하게 그러면서도 한 편으로는 미안함을 담아 수현을 만나지 못한 3개월 동안 있었던 일들을 하나하나 이야기하기 시작했다.

처음 음반 작업을 하던 중에 받은 스트레스를 풀기 위해 친구들을 만나 일탈을 한 것에서부터 그곳에서 한 남자를 만난 이야기, 그리고 그 남자의 자상한 배려에 끌렸다는 것 또한 이야기를 했다.

운전을 하면서도 그런 셀레나의 고백에 귀를 기울이던 용근은 깜짝 놀랐다.

자신의 일은 아니지만, 너무도 충격적인 이야기였다.

그녀와 수현이 얼마나 서로를 위했는지 잘 알고 있던 용근이었다.

그런데 셀레나가 수현이 한창 투어로 바쁠 때, 다른 남자와 데이트를 하고 파티를 즐겼다는 것이 놀랍고 배신감이 들었다.

하지만 그런 이야기를 들은 수현은 의외로 담담했다.

이미 그런 예감을 하고 있었기 때문에 셀레나의 고백에도 침착하게 그녀의 이야기를 들을 수 있었다.

그런 수현의 반응에 셀레나와 올리비아는 속으로 크게 놀랐다.

'어떻게 해!'

셀레나는 너무도 냉정한 것 같은 수현의 담담한 모습에 불안감으로 심장이 벌렁거렸다.

그리고 셀레나의 매니저인 올리비아는 그런 그녀와는 조금 다른 느낌을 받았다.

그것은 바로 수현이 담담한 듯 보이지만 눈동자가 흔들린

다는 것이었다. 올리비아는 그가 많이 흔들리고 있다는 것을 깨달았다.

이런 올리비아의 판단은 정확했다.

짐작만 하고 있었던 일이 사실로 밝혀지는 순간이었기에, 이성적인 수현도 사실 당황했다.

다만 정신력이 높기 때문에 그것을 겉으로 표현하지 않고 있을 뿐이었다.

사실 아무리 신체능력이나 정신력이 뛰어난 수현이지만, 그 또한 사람이다.

연인이 자신 이외에 다른 이성을 가슴에 품고 있었다는 것, 그리고 자신이 다른 곳에 있을 때 그 사람과 데이트를 했다는 것에 흔들리지 않을 수가 없었다.

그리고 한순간, 잊은 예전 기억이 다시 한 번 떠올랐다.

수현이 군대에 입대하고 한참 적응을 하고 있을 때, 느닷없이 찾아와 이별 통보를 하던 안선혜의 얼굴이 떠오른 것이다.

하지만 그것은 금방 햇빛을 받은 물안개처럼 사라졌다.

"공항에서 그렇게 헤어지고 집으로 돌아와 창밖을 보다 문득 깨달았어."

"응?"

조금 전 이야기를 시작했을 때와는 목소리 톤이 달라져 있었다.

아주 미묘하게 달라진 그녀의 목소리에 수현은 눈을 반짝였다.

뭔가 뒤에 따라올 말이 그의 귀에, 아니 머릿속에 들리는 듯 했다.

아니나 다를까.

“그 사람에게 살짝 호감이 생기기는 했지만, 그래도 난 당신이 제일 좋아!”

덥석!

쪽!

자신의 감정에 솔직한 라틴계라 그런지 셀레나는 다른 이성에게 끌렸다는 이야기를 하면서 미안해하던 것도 잠시, 모든 것을 털어놓은 지금은 예전의 당당한 셀레나로 돌아와 있었다.

달리는 차 안임에도 불구하고 맞은편에 앉은 수현에게 몸을 던지다시피 해서 안기며 키스를 했다.

“어휴!”

그런 셀레나의 모습에 옆에서 지켜보던 올리비아는 또 다시 한숨을 내쉬었다.

하지만 이번의 한숨은 조금 전 셀레나가 수현에게 자신의 잘못을 고백하던 때 조심스럽게 내뱉던 한숨과는 달랐다.

품에 안겨 키스를 하는 셀레나를 조심스럽게 안아서, 그 키스를 받아주고 있는 수현의 모습에 문제가 해결되었음을 깨달았기 때문이었다.

사실 어느 남자가 연인이 자신이 없을 때 다른 이성을 만나고 생각하는 것을 좋아하겠는가. 아무리 성인군자라 해도 그런 것을 두고 보지는 않을 것이다.

그때문에 올리비아는 솔직히 속으로 많은 걱정을 했었다.

만약 이런 사실이 언론에 알려지기라도 한다면, 어쩌면 셀레나는 연예계를 떠나야 할지도 몰랐다.

아무리 개방적인 미국사회라고는 하지만, 자신들의 영웅인 수현을 두고 바람을 피웠다는 것만으로도 셀레나는 만인의 지탄을 받기에 충분했다.

그는 작년에 LA동물원에서 소년을 구했을 뿐만 아니라 이번에는 테러를 막았고, 테러리스트를 잡아 또 다른 테러를 미연에 방지하기까지 했다. 수현의 영웅적인 행보는 미국인들은 물론이고, 전 세계의 팬들이 수현을 연호하고 그를 지지하게 만들었다.

그런 수현을 두고 셀레나가 잠시 한눈을 팔았다는 것은

팬들의 상식에서는 있을 수도 없고, 있어서도 안 되는 일이었다.

그런데 수현은 이런 셀레나의 배신행위에 잠시 흔들리기는 했지만, 솔직한 고백에 그녀를 용서하고 그녀를 있는 그대로 받아주었다.

다른 부적절한 관계는 맺지 않았다는 그녀의 이야기를 믿어준 것이다.

솔직히 다른 남자들이라면 그런 셀레나의 말을 믿으려 하지 않을 것이다.

그리고 그건 셀레나의 매니저인 올리비아도 마찬가지였다.

그녀도 미국사회, 아니 그보다 더 지저분한 미국의 연예계를 잘 알고 있기에 더욱 믿지 않았을 것이다.

그리고 그건 미국이 아니라 한국도 마찬가지였다.

셀레나처럼 아름답고 사랑스러운 미녀가 호감을 나타내며 데이트를 하는데, 그냥 넘어갈 남자가 어디 있겠는가.

그럼에도 불구하고 수현은 호감은 있었지만 부적절한 관계까진 넘어가지 않았다는 셀레나의 고백에 그 말을 믿어주었다.

이를 옆에서 지켜본 올리비아는 속으로 안도를 하면서도,

셀레나에게 살짝 질투심이 생겨나기 시작했다.

그녀의 나이는 올해 서른다섯 살. 그동안 그녀도 수많은 남자와 연애도 하고 또 결혼까지 할 뻔한 경우도 있었다.

하지만 현재 그녀는 혼자다.

원래 연애만 하고 평생 독신으로 살아야겠다는 독신주의자는 아니었다.

하지만 결과적으로 현재 그녀는 솔로였다.

연예계에 종사를 하고 스타의 매니저 일을 하면서 많은 것을 보았다.

사랑과 배신, 술과 마약, 그리고 더러운 욕망 등이 복합된 세상에서 살다보니, 그녀 또한 그런 것에 무감각해졌다.

남자를 만나 교감을 나누기도 전에 잠자리를 먼저 했다.

그건 미국에서는 이상할 것이 없는 자연스러운 것이었다.

하지만 셀레나가 수현과 연애를 하는 것을 옆에서 지켜보면서 무언가 잘못된 것이란 것을 깨닫게 되었다.

올리비아는 옆에서 두 사람의 연애를 지켜보면서 많은 것을 느꼈다.

인간은 짐승이 아니다. 한순간의 짧은 쾌락을 위해 자신의 몸과 인생을 아무렇게나 던지는 행위는 결코 아름다운 것이 아니다.

그것이 행복하지 않은 행위란 것을 뒤늦게야 깨달았다.

그랬기에 셀레나가 스트레스로 인해 일탈하는 것을 보며 안타까워했다.

옆에서 지켜본 수현은 정말이지 동화에서나 나올 법한 아주 좋은 사람이었다.

남녀를 떠나 수현은 그녀가 보기에 가장 완벽한 사람이었다.

각종 무술과 스포츠에 능통하고, 신체적으로도 어디 하나 이상이 있는 곳이 없으며, 아시아인이면서도 큰 키에 비율도 좋았다.

물론 수현이 신체적으로만 완벽한 것은 아니었다.

아이돌 가수이면서도 그는 연기도 잘했다.

'마스터 현' 신드롬을 일으킬 정도로, 그의 연기를 본 사람들은 그를 따라하려고 했다.

극중 주인공도 아니고, 주인공이 어려울 때 도움을 주는 조연임에도 불구하고, 주연을 능가하는 존재감을 드러낸 배우가 수현이다.

뿐만 아니라 인지도가 높지 않던 존 존스를 일약 세계적인 스타로 만든 전설적인 곡을 작곡한 사람이기도 했다.

같은 예술 계통이라고는 하지만, 노래와 연기는 다른 분

야다.

한 사람이 이렇게 많은 재능을 가지고 있어도 되나 싶을 정도로 정수현이란 사람은 놀랄 정도로 많은 재능을 가지고 있었다.

이 정도라면 어딘가 적어도 한 가지는 흠집이 있어야 하지 않겠는가.

실제로 천재적인 작곡과 노래 실력으로 세계적인 인기를 가진 저스트 비버, 그는 누가 봐도 완벽해 보였다.

잘생긴 외모와 천재적인 작곡 실력과 노래 솜씨로 팬들의 마음을 사로잡았다.

하지만 연예계에 오래 머물다 보니 물이 들기 시작했다.

술과 마약, 그리고 섹스파티. 이른 나이에 성공을 한 스타들에게서 흔히 나오는 증상들이 그에게서도 나오기 시작했다.

그때문에 안티들도 많이 늘어났다.

그런데 수현은 그보다 더 빠르게 정상에 올랐다.

그럼에도 불구하고, 그는 마치 성인(聖人)이라도 되는 것마냥 언제나 바른 생활을 했다.

어려운 사람이 있으면 적극적으로 도왔고, 불의에는 참지 않고 뛰어들었다.

그랬기에 수현은 다른 누구보다도 빠르게, 미국인이 아니면서도 인종을 뛰어 넘어 미국인들의 마음을 차지했다.

그런 수현을 애인으로 두었으면서도 어떻게 다른 사람에게 시선을 줄 수 있을까 라는 의문이 들기도 했다.

올리비아는 셀레나와 그리 나이 차이가 많은 것은 아니었지만, 어려서부터 연예계에 뛰어든 셀레나가 생각보다 정신적으로 성숙하지 못하다는 것을 잘 알고 있었다.

그랬기에 언제나 연예계의 늪에 빠지지는 않을까 걱정을 하며 돌봤다.

이번에는 참으로 아찔한 순간이 아닐 수 없었다.

차라리 수현과 완벽하게 헤어지고 다른 이성을 만났더라면 그렇게까지 불안하진 않았을 것이다.

뭐 결론적으로 셀레나는 뒤늦게 정신을 차렸고, 자신이 가지고 있는 것이 다이아몬드라는 것을 깨달았다. 잠시 관심을 두었던 것은 그저 보석처럼 반짝이기는 했지만 이미테이션에 불과했다. 셀레나는 잃어버렸을 지도 모를 보석을 찾아 제자리로 돌아왔다.

그러했기에 두 사람의 오글거리는 행위를 보면서 안도의 한숨을 내쉰 것이기도 했다.

누가 그랬던가. 비 온 뒤에 땅은 더욱 단단하게 굳는다고 말이다.

잠시 위태위태하던 관계가 지금은 누가 옆에 있든 말든 상관이 없다는 듯, 처음 연애를 시작할 때처럼, 아니 두 사람은 연애 초기보다 더욱 불타는 듯 보였다.

막말로 이곳에 올리비아나 운전을 하고 있는 용근이 없다면 바로 허물을 벗어버리고 살을 맞댈 것만 같은 분위기가 연출되고 있었다.

그러다 보니 두 눈으로 이를 지켜보던 올리비아는 점점 진해지는 두 사람의 애정 행각에 눈꼬리가 올라가기 시작했다.

*　　　*　　　*

"아들!"

"네?"

"언제 보여줄 거야?"

조윤희는 오랜만에 집에 찾아온 아들을 보며 물었다.

다 큰 성인인 아들의 사생활이었지만, 그래도 자식의 연애 소식을 뉴스로만 듣고 있다는 것이 엄마로서는 무척 서운했기 때문이었다.

사귀기로 한 것이 1년이 다 되어가는데, 아직까지도 소개를 하지 않는 것이 걱정되기도 해서 물어보는 것이었다.

"음……."

생각지도 못했던 질문에 수현은 잠시 신음을 흘리다 조심스럽게 대답을 했다.

"그럼, 아버지하고 어머니는 언제 시간이 되세요?"

일단은 부모님의 시간과 또 셀레나의 스케줄을 알아야 결정을 할 수 있을 것 같았기 때문이었다.

어머니께서 이야기를 꺼내자, 차라리 이참에 셀레나를 부모님께 소개하는 것도 나쁠 것이 없다는 생각도 들었다.

"뭐, 우리야 네가 시간을 내라고 하면 아무 때나 상관없다."

"가게는 어떻게 하시고요?"

예전 가게는 재작년 그 일이 있고 나서 처분을 했다.

수시로 몰려드는 기자들과 수현을 욕하는 안티들. 그리고 수현이 한국에서의 활동을 전면 중단하겠다고 선언한 뒤 수현의 소식을 알아보려는 팬들이 가게로 몰려왔다.

그로 인해 너무도 번잡해 장사를 할 수가 없어 팔아 버렸다.

수현의 조언에 따라 조윤희와 정병규도 잠시 외국으로 나갔다.

그동안 고생을 하신 것도 있고, 자신의 일로 부모님이 힘드셨을 것을 생각해 해외여행을 보내드렸던 것이다.

이 모든 것은 회사의 조언을 따라 한 일이었는데, 역시나 이런 일을 한두 번 겪은 것이 아닌 회사의 처리는 완벽했다.

자신이 국내 소식에 관심을 보이지 않고 외국에서만 활동을 하다 보니, 대중의 관심도 다른 가십으로 돌아갔다.

물론 모든 관심이 끊긴 것은 아니었지만, 부모님이 한국으로 돌아와 생활을 하는 데는 지장이 없을 정도로 여론도 잠잠해졌다.

그러자 수현은 전에 준비하던 음식점 체인을 조심스럽게 다시 준비했다.

스캔들로 인해 중단된 음식 체인 사업은 중국에서 먼저 시작하게 되었지만, 원래부터 추진하던 일이었기에 한국에서도 조금 시간의 차이는 있지만 다시 시작했다.

그리고 중국에서의 성공처럼 한국에서도 역시나 성공을 했다.

그런데 여기서 좋은 점은 중국에서의 사업은 메이링이나 다른 동업자와 함께 하는 사업이었지만, 한국에서의 사업체

1호점은 부모님과 자신의 이름으로, 그리고 2호점은 자신과 킹덤 엔터가 공동으로 진행한다는 것이었다.

사실 킹덤 엔터가 2호점의 지분에 참여하게 된 것은 전적으로 최유진 때문이었다.

한국의 체인 사업명도 황찬이란 명칭을 함께 사용했지만, 한국에서의 황찬은 전적으로 수현의 사업이었다.

이것은 중국의 사업 파트너인 메이링과 다른 동업자들이 수현과 동업을 할 때 사전에 합의를 한 것이기에 가능했다.

물론 수현도 다른 동업자인 메이링이나 양시시 그리고 진샤오린이 다른 나라에 진출할 때, 사업 규모를 따져 우선권을 주기로 합의를 했기에 그들이라고 손해를 보는 것은 아니었다.

그런데 수현이 한국에서의 사업권을 가지고 있다고는 하지만, 연예인이다 보니 한국 체인에 관여를 한다는 것이 현실적으로 불가능했다.

그래서 대안으로 대리인을 세우기로 한 것인데, 솔직히 믿을 사람이 가족 말고 누가 있겠는가. 주인이 밖으로만 돌고 사업에 별로 신경을 쓸 여유가 없는 상황에서, 누가 월급을 받으면서 자신의 사업처럼 자세히 살피며 관리를 하겠는가.

그때문에 어쩔 수 없이 음식점을 접고 쉬고 있던 수현의 부모님이 나서기로 한 것이다.

종종 통화를 통해 이야기를 나누기는 하지만, 전적으로 음식 체인 사업은 명의만 수현이 가지고 있고 실질적인 운영은 부모님이 하게 되었다.

그런데 아들이 사업만 떠넘기고 자신은 유명 여자 연예인과 연애를 하면서 코빼기도 보여주지 않자, 살짝 심술이 난 조윤희 여사는 그렇게 아들을 닦달하면서 수현을 구석으로 몰아넣고 있었다.

솔직히 이제 아들도 어디 가서 꿀리지 않을 정도로 돈도 잘 벌고 유명하니, 이제는 어서 빨리 그런 아들이 행복한 가정을 이루었으면 하는 바람뿐이었다.

비록 외국 아가씨라 자신과 잘 통할까 싶은 두려움이 일기는 했지만, 그래도 어쩌겠는가. 아들이 좋아하는 아가씨인 것을 말이다.

Chapter 10

프로포즈

황찬(皇饌). 중국계 음식 체인점으로 한국의 유명 아이돌 그룹인 로열 가드의 리더 정수현이 지분을 가지고 있는 것으로 알려진 유명 음식 체인점이다.

로열 가드, 아니, 정확하게는 로열 가드의 리더 수현은 한국에서 연예 활동을 전면 중단한 뒤로 중국과 해외 활동에만 전념하고 있었다.

황찬은 중국에서 텐진 시장의 딸과 인연이 닿아 합자 형식으로 오픈한 체인점이었다.

원래부터 정수현의 요리 실력은 정평이 나 있었다.

김정만의 정글 라이프 촬영 당시 열악한 환경 속에서도 수현이 만들어낸 요리들은 방송에 참여한 출연자들로부터 호평을 들었다.

그리고 수현이 만든 서바이벌 요리를 김정만의 정글 라이프에 관심이 있던 요리 지망생이나 요리에 자신이 있는 시청자들이 재현을 하면서 더욱 알려지게 되었다.

방송의 재미를 위해 요리하는 과정의 대부분은 생략이 됐지만, 요리가 완성되고 난 후 노담담의 중계로 레시피를 공개했다.

방송을 본 사람들 중 관심이 있던 이들은 비록 수현이 정글에서 취득한 재료와 100% 같지는 않지만 시중에서 구할 수 있는 재료 또한 방송을 통해 알려주었기 때문에 재현하는 데에 어려움을 느끼지는 않았다.

그리고 재현한 요리들은 그럴싸한 모양은 물론이고, 맛도 좋았다.

팬들 사이에선 자신이 만든 요리를 SNS에 공개하는 것이 유행처럼 퍼졌다. 그리고 일부 유명 BJ가 자신의 개인 방송에서 재료 구입과 요리 과정을 보여줌으로써 이 요리는 화제를 불러일으켰다.

그렇게 수현의 요리 실력이 알려지고, 실제로 수현이 요리사 자격증을 취득한 것이 뒤늦게 공개가 되면서 다시 한 번 이슈 몰이를 하기도 했다.

주변에서 수현에게 음식 체인을 하자는 제안이 많이 들어오자 요리에 욕심이 있던 수현은 고민을 했다.

고민을 하던 와중에 부모님이 음식점을 하는데 크기가 너무 작고, 동네 장사임에도 불구하고 몰려드는 로열 가드와 자신의 팬들 때문에 불편을 겪고 있다는 것을 알게 되면서, 조금이나마 편하게 장사를 하시라는 의미에서 음식 체인을 준비하기로 했다.

하지만 그 계획은 느닷없는 스캔들로 인해 수포로 돌아갔다.

음식점이 들어설 건물을 구입하고 음식점에 맞게 리모델링까지 했었다.

그리고 수현이 직접 요리할 시간이 없기 때문에, 주방을 책임질 요리사들 또한 섭외했다.

유명 쉐프까지는 아닌, 어느 정도 실력이 있는 요리사들이었지만 연봉은 그리 높은 편이 아니었다.

업계 평균 정도에 불과했지만, 그럼에도 요리사들이 수현과 계약을 맺은 것은 수현이 자신만의 요리 레시피를 가르쳐 주기로 했기 때문이었다.

레시피.

그것은 요리에 있어서는 설계도와도 같은 것이다.

레시피는 사실 아무한테나 공개하는 것이 아니다. 그 요리사만의 특별한 스킬이라 할 수 있는 것이기에 자신의 제자에게도 완벽하게 전수하지 않고, 그중 한두 가지만 알려 주는 것이 일반적이었다.

그런데 수현은 자신이 알고 있던 요리 레시피를 모두 가르쳐 주겠다고 선언했다.

레시피까지 가르쳐 주는데다 급여가 낮은 것도 아니다. 수현과 계약을 하지 않는 것이 바보라는 생각이 들 정도로 매혹적인 조건이었다.

하지만 그렇게까지 준비한 것들은 정치꾼과 기레기의 야합으로 날아가 버렸다.

물거품이 된 수현의 계획은 한국이 아닌 중국에서 꽃을 피웠다.

자신의 쇼핑몰 확장을 기획하던 메이링과의 인연으로 수현의 요리 체인은 황찬이란 이름으로 중국에 자리를 잡았다.

원래부터 중국은 중화요리에 대한 자부심이 상당하다.

넓은 땅만큼이나 다양한 재료들이 지천에 널려 있고, 각 지역에서 나는 재료들을 가지고 수많은 요리들이 만들어졌다.

그런데 거기에 양식과 일식까지 가미되니, 정말이지 황찬은 황제의 식탁이라는 이름값을 제대로 했다.

또 평가를 위해 모신 중국의 유명 요리사는 물론이고, 저명인사들과 일부 일반인, 그리고 최종적으로 공산당 고위간부까지도 황찬의 요리를 맛보고 모두 극찬을 했다.

특히나 현 공산당 서기인 시평안과 그의 부인은 수현이 요리한 음식을 맛보고는 최고라 이르며 찬사를 보냈다.

뿐만 아니라 시평안의 부인 장시안은 자신의 SNS에 수현이 직접 요리해준 것들을 사진으로 찍어 올려, 수현의 팬들의 부러움을 한 몸에 얻기도 했다.

그렇게 중국 대륙에서 대성공을 거둔 황찬에는 수현의 스캔들이 조작된 것임이 뒤늦게 알려지면서 수많은 팬들이 몰려들기 시작했다.

뜻하지 않은 한국인들 러시에 텐진시는 밀려드는 관광객들로 즐거운 비명을 질렀다.

또 황찬이 들어선 쇼핑몰엔 한국과 동남아시아의 팬들이 몰리면서 메이링의 계획은 성공을 거뒀다.

이 때문에 메이링과 손잡을 때 계획했던 한국의 사업도 예상보다 빠르게 진행됐다.

사실, 음식점을 차리는 것에 가장 문제가 되는 것은 자금이다.

초기 자금을 얼마나 준비할 수 있느냐에 따라 규모와 오픈 시기가 결정되는 것이다.

그런데 수현에게는 그런 것보다 한국에 남아 있는 이미지가 문제였다.

정치인들과 엮인 것이 있었기에 억울하게도 한국에서의 준비는 좌절될 수밖에 없었다.

하지만 이제는 상황이 바뀌었다.

스캔들이 터지고 수현이 중국으로 넘어올 때까지만 해도, 분위기는 수현과 킹덤 엔터에 안 좋게 흘러갔다.

그렇지만 시간이 흐르고 진실이 왜곡되었다는 사실이 밝혀지면서 상황은 역전되었다.

더욱이 수현을 보기 위해 한국의 팬들이 중국으로 해외여행을 가고, 로열 가드와 수현을 보기 위해 몰려들던 외국 관광객들은 한국이 아닌 중국을 선택했다. 정부로서는 엄청난 손해를 보게 된 것이다.

이후, 물의를 일으킨 정치인들은 적폐청산이란 이름 하에

당에서 쫓겨났고, 비리가 적발된 일부 의원들은 의원 자격 마저 박탈됐다.

그 뒤로 로열 가드의 국내 복귀가 이루어지고 수현이 준비하던 음식 체인도 허가가 났다.

그런 우여곡절 끝에 한국에 황찬이 들어오게 된 것이다.

물론 한국에 세워진 황찬은 전적으로 수현에게 권한이 있는 사업이었다.

그리고 지금 수현은 연인인 셀레나와 함께 황찬의 압구정 지점을 방문하고 있었다.

* * *

황찬 압구정 지점 주차장의 커다란 밴.

차가 정차 했음에도 불구하고 안에 타고 있는 사람들은 아직 내리지 않고 있었다.

"후우! 후우!"

셀레나는 자꾸만 벌렁거리는 심장 때문에 진정이 되지 않았다.

"아직도 그래?"

수현이 조심스럽게 물었다.

"응, 후우… 나 너무 떨려!"

"그래? 그럼 이거 한 번 먹어봐."

수현은 붉게 상기된 얼굴로 불안에 떨고 있는 셀레나를 보며 무언가를 내밀었다.

"그게 뭐야?"

작은 드링크 병을 내려다 본 셀레나는 고개를 갸웃거리며 물었다.

수현이 셀레나에게 내민 것은 바로 용근이 사다준 우황청심환이었다.

다만 지금 수현이 내민 것은 환(丸)의 형태가 아니라, 이름만 우황청심환이지 액체로 된 약이었다.

환을 잘 먹지 못하는 사람들을 위해 같은 약 성분이 드링크 타입으로 만들어진 제품이었다.

환이 아닌 드링크 타입으로 사오게 된 것은 순전히 용근의 기지였다.

수현은 자신의 부모님을 만나기 위해 함께 온 셀레나가 너무도 불안에 떨고 있는 것을 보고는 그것을 조금이나마 진정시키기 위해 우황청심환을 사오라고 부탁을 했다.

그런데 용근이 심부름을 하면서 셀레나가 외국인이라는 것을 생각해 환이 아닌 드링크 타입으로 사 온 것이었다.

외국인 중에도 한약을 아무렇지도 않게 먹는 사람이 더러 있기는 하지만, 대체적으로 외국인은 한약을 그리 잘 먹지 못한다.

왜냐하면 한약 특유의 냄새 때문인데, 우황청심환 또한 한약이기에 그러한 냄새가 없을 수가 없다.

그나마 드링크 타입은 셀레나도 먹기 편할 것이라 생각해 사온 것이었다.

이를 용근에게서 전해 받은 수현은 그 사실을 뒤늦게 깨달았다.

용근에게 말은 하지 않았지만, 감사의 눈빛을 보냈다.

용근 또한 수현과 몇 년을 함께 겪다보니 그 눈빛이 의미하는 것을 잘 알고 있었기에 그저 미소를 한 번 짓고는 제자리로 돌아갔다.

"응, 이건 우리나라에서 전통적으로 내려오는 심신을 안정시켜 주는 약이야."

"약?"

"응, 원래는 이런 형태가 아니라 둥근 고체 형태의 환인데, 먹기 불편해하는 사람들을 위해 성분은 같은데 형태는 드링크로 나온 제품이야."

수현은 손에 들고 있던 우황청심환 드링크에 대한 설명을 들려주었다.

드르륵!

수현은 병뚜껑을 돌려 따고는 그것을 셀레나에게 주었다.

"먹어봐, 진정이 될 거야."

"이게 정말로 효과가 있을까?"

셀레나는 수현이 주는 우황청심환을 받으며, 불안한 눈빛으로 그것을 쳐다보았다.

"시험을 보는 수험생이나 회사 면접을 보는 사람, 시합을 앞둔 운동선수 등 다양한 사람들이 불안할 때 애용하는 약이야. 그러니 안심해도 돼."

수현은 계속해서 불안감을 호소하는 셀레나를 안심시키며 말했다.

"알았어."

꿀꺽!

마시기 전, 살짝 한약 특유의 냄새가 나기는 했지만, 그리 역하지는 않았다.

한국인들 또한 시대가 바뀌면서 한약 냄새를 좋아하지 않는 사람도 많아졌다.

그러다 보니 제약회사에서 많은 연구를 하지 않을 수 없게 됐다.

아무리 좋은 약을 개발해도 냄새 때문에 거부한다면 판매에 지장이 있기 때문이다.

“후우! 후우!”

우황청심환을 먹은 셀레나는 다시 한 번 심호흡을 했다.

수현이 그런 셀레나의 모습을 보며 물었다.

“아직도 진정이 안 돼?”

“후우. 아니, 이제 좀 진정이 된 것 같아.”

셀레나는 대답을 하면서도 미소를 잃지 않았다.

자신을 배려해주는 연인 앞에서 계속해 긴장된 모습을 보여줄 수는 없었기에 미소를 지은 것이다.

“너무 긴장하지 마. 우리 부모님, 꽉 막힌 분들 아냐. 아들인 내가 좋아서 사귀고 있는 여자를 홀대하실 분들이 아니거든.”

“응, 알았어.”

“그래, 그럼 진정이 되면 말해.”

“응, 이제 진정이 됐어. 내리자!”

셀레나는 빙그레 미소를 지으며 바로 대답을 했다.

드르륵!

차문이 열리고 수현이 먼저 내린 뒤, 올리비아와 셀레나가 내렸다.

"다녀오세요."

차에서 내리는 수현과 셀레나를 보며 용근이 인사를 했다.

"뭐야? 너도 가서 밥 먹어야지."

"하하, 오늘은 그냥 빠질래요. 저는 신경 쓰지 마시고 다녀오세요. 전 회사에 좀 들렀다 따로 먹을게요."

오늘은 수현의 부모님이 그의 연인인 셀레나를 처음 보는 자리다.

그런 자리에 평소처럼 함께 밥을 먹는 것이 용근으로서는 내키지 않았다.

수현의 부모님이야 평소에도 자신을 많이 봐왔기에 별로 신경을 쓰지 않겠지만, 상황이 상황인지라 용근 자신이 너무도 신경이 쓰이기 때문이었다.

이런 상태로는 아무리 좋은 음식을 먹더라도 체할 것만 같았다.

그래서 핑계를 대고 빠지려는 거였다.

그런 용근의 마음을 알았는지, 수현도 더 이상 함께 가자는 말을 하지 않았다.

"그래, 그럼 이왕 회사에 가는 김에 사장님이나 전무님께 안부 전해줘라."

"네, 알겠습니다. 저녁 맛있게 드세요. 셀레나 씨와 올리비아 씨도 맛있게 드세요."

용근은 그렇게 인사를 하고는 얼른 주차장을 빠져나갔다.

사실 이곳 황찬 압구정점과 킹덤 엔터 본사와의 거리는 그리 멀지 않았다.

걸어서 10분 정도만 가면 도착하는 아주 가까운 거리였다.

*　　　*　　　*

아들이 사귀고 있는 여자가 애인의 부모님을 만난다는 사실은 동서고금을 떠나 서로 긴장을 할 만한 사건이다.

세계적으로 유명한 스타라고 해도 그건 마찬가지였다.

하지만 셀레나는 처음 만나기로 한 장소에 도착했을 때와는 다르게, 자신을 너무도 편안하게 대해주는 애인의 부모님을 보고서는 언제 긴장을 했냐는 듯 너무도 자연스럽게 대화를 나누었다.

사실 셀레나는 처음에 수현이 자신의 부모님을 만나보지 않겠냐고 제안을 했을 때 조금 망설였다.

하지만 자신의 외도를 너그럽게 이해해주고 용서해준 수현을 위해서라도 용기를 내야 한다는 생각에 그렇게 하겠다는 대답을 했다.

또 자신이 진정으로 사랑하는 사람이 수현이란 것을 깨닫고 이곳 한국까지 쫓아왔는데, 굳이 망설일 필요가 있나 하는 생각도 들었다.

그렇지만 두렵고 떨리는 것은 그것과는 별개다.

이는 본능적인 공포로, 명확하게 알지 못하는 것에 대한 두려움은 인간의 본능이다.

그런데 막상 닥치고 보니 너무도 편안한 분들이란 것을 알게 되자, 막연하게 느꼈던 공포는 사라지고 정말 오랫동안 알고 지내던 이웃이나 가족과 같은 편안함을 느꼈다.

셀레나가 자신의 잘못을 깨닫고 수현을 쫓아 온 것도 이런 편안함 때문인데, 수현의 부모님 또한 셀레나를 편하게 대해줬다.

셀레나는 그동안 연예계에 종사하면서 감추고 있던 두려움과 스트레스를 잊을 정도로 너무도 편안했다.

드르륵!

하하하!

호호호!

"무슨 재미있는 이야기를 나누기에 저도 없는데 그렇게 즐겁게 이야기를 하세요?"

수현은 음식 트레이를 밀고 들어오면서 물었다.

"호호, 너 어렸을 때 이야기를 하는 중이었지."

수현의 질문에 어머니, 조윤희 여사가 웃으며 대답을 했다.

"제 어릴 때 이야기요? 그게 뭐 웃긴 이야기라고 그렇게 웃어요?"

어머니의 대답에 수현은 고개를 갸웃거리며 말을 했다.

"너야 재미없을지 모르겠지만, 네가 9살 때 TV에서 해주던 외국 영화에 나오는 금발의 예쁜 미녀들을 보면서 크면 금발의 미녀와 결혼하겠다고 했던 이야기는 재미있지 않을까? 특히 여기 있는 이 아가씨들에게는 말이야."

"어!"

수현은 느닷없는 어머니의 말에 순간 당황했다.

실제로 아주 어렸을 때 그런 이야기를 한 기억이 있기 때문이었다.

수현이 아주 어렸을 때는 한국 경제가 이렇게 발전하지 못했던 시절이었다.

그리고 무엇보다 수현의 가정 형편이 그렇게 좋지 않았다. 그래서 영화와 같은 문화생활을 즐기지 못했다.

무엇보다 수현이 나이가 어렸었기에 영화관 같은 곳에 혼자 갈 수도 없었다.

하지만 어리더라도 예쁘고 아름다운 것은 본능적으로 느낀다.

그런 어린 수현의 눈에 과도하게 화장한 한국 영화나 드라마의 여배우보다는 이목구비가 뚜렷하고 화려하면서도 동양인과는 다른 금발의 미녀 배우들이 더 아름답게 비친 것은 어쩌면 당연한 것일지도 몰랐다.

그래서 그런지 수현은 어려서부터 외국 영화를 무척이나 좋아했고, 또 금발의 미녀가 나오는 그런 외국 영화를 즐겨 보았다.

그때문에 주말이면 TV에서 해주던 외국 영화를 늦은 시각이지만 잠을 자지 않고 끝까지 시청했다.

"설마 그 이야기 한 거예요?"

수현은 순간, 셀레나를 보는 것이 부끄러워졌다.

"호호호호!"

"하하!"

어머니에게 그 이야기를 했냐고 물어보는 수현의 질문에 방안에 있던 사람들이 일제히 웃고 말았다.

사실 아직 그 이야기는 하기 전인데, 자백을 한 것이나 다름없게 됐기에 이를 듣고 있던 사람들이 웃은 것이었다.

마치 잘 짜인 한 편의 콩트를 보는 것 같아 셀레나와 올리비아는 웃음을 참지 못하고 폭소를 터뜨렸다.

"그럼 다음부턴 금발로 염색을 하고 다녀야겠네요."

셀레나는 수현과 눈이 마주치자 빙그레 웃으며 이야기를 했다.

"어? 그거 좋겠다. 이번 앨범 컨셉에 금발로 출연하는 거… 아주 좋은데?"

옆에 있던 올리비아도 셀레나의 말에 장단을 맞추며 이야기를 했다.

물론 그건 잠시 수현을 놀리기 위해 셀레나와 올리비아가 장난을 치는 것이었지만, 아직 셀레나의 앨범 컨셉이 완벽하게 정해진 것은 아니었기에 고려해 볼만도 했다.

이를 알지 못하던 수현은 그저 방금 전 자신이 자폭을 한 것이나 마찬가지였다는 것을 깨닫고는 자포자기를 했다.

“후우… 그래, 그럼 난 어릴 적 소원을 이루게 되겠네.”

자포자기를 하듯 내뱉은 대답에 옆자리에 있던 조윤희 여사가 놓치지 않고 다시 아들을 놀리기 시작했다.

“우우! 프로포즈를 그렇게 멋없이 하는 사람이 어디 있냐?”

“프, 프로포즈요? 아니, 제가 언제요!”

프로포즈란 말에 수현은 당황했다.

“언제기는, 방금 네가 그랬잖아. 셀레나가 금발로 염색을 하면 어릴 적 소원을 이루는 거라고.”

“네, 그렇게 말했죠. 그런데 뭐가 잘못됐나요?”

수현은 아직까지도 자신이 무슨 말을 했는지 인지하지 못하고 있었다.

하지만 수현과 그의 어머니가 나누는 대화를 듣고 있던 셀레나는 순간 얼굴이 붉게 달아올랐다.

분명 조금 전, 어릴 적 소원이 금발의 미녀와 결혼을 하는 것이라 하지 않았던가.

그런데 방금 수현은 셀레나가 금발로 염색을 하면 자신의 소원이 이루어지는 거라고 이야기를 했다.

즉, 셀레나 자신과 결혼을 하겠다는 말이었다.

수현을 놀리기 위해 하던 대화들이 수현을 고백하게 만들었다.

아직까지도 자신이 한 말이 어떤 의미인지 이해하지 못한 수현은 얼굴이 붉게 상기되어 고개를 숙이는 셀레나의 모습을 보고는 어리둥절한 표정을 지었다.

"셀레나, 무슨… 어!"

고개를 숙이며 부끄러워하는 셀레나의 모습에 그녀를 부르려던 수현은 자신이 무슨 말을 했는지를 그제야 깨달았다.

그래서 수현은 물어보려던 것을 멈추고는 얼음처럼 굳어버리고 말았다.

'미쳤어! 내가 이런 자리에서 그런 실수를 하다니…….'

자신이 무슨 말실수를 했는지 알게 된 수현은 한동안 자아비판을 했다.

'아니지. 모르고 한 말이기는 하지만, 셀레나의 반응을 보면 나쁘지는 않은 것 같은데…….'

수현은 자신이 무심코 던진 말 때문에 당황하던 중에 연인인 셀레나의 반응이 괜찮아 보이자 다시 생각을 했다.

비록 얼렁뚱땅 넘어가는 것 같지만 이것도 나쁘지만은 않다.

"뭐, 멋이 없으면 어때요. 셀레나!"

"네?"

"그래서 내가 싫어?"

수현은 이왕 상황이 이렇게 된 거, 그냥 이대로 밀어붙이기로 했다.

한편 셀레나는 느닷없는 수현의 고백에 순간적으로 어떻게 대답을 해야 할지 아무런 생각도 나질 않았다.

그리고 그건 옆에서 지켜보고 있던 올리비아도 마찬가지였다.

여자들은 누구나 프로포즈에 대한 로망을 가지고 있다.

이는 미국인인 셀레나와 올리비아도 마찬가지였다.

결혼반지를 준비해 마치 중세 기사 마냥 무릎을 꿇고, 자신을 보며 결혼해달라는 청혼을 하는 것을 꿈꿨었다.

그렇지만 현실은 그렇지 못했다.

애인의 부모님을 만나는 자리에서 순간 농담을 주고받다 반지도 없이 청혼을 받게 된 상황이었다.

하지만 지금의 상황이 그리 기분 나쁘지는 않았다.

반지가 없어 조금 아쉽기는 했지만, 자신이 좋아하는 남자가 자신의 어릴 적 소원이 이루어지는 것이라며 간접적으로 고백을 했다. 그러고는 결혼을 해달라며 거듭 이야기를 하는데, 기분나빠할 여자가 어디 있겠는가.

"조, 좋아!"

덥석!

쪽!

셀레나는 고백을 승낙하면서 수현의 목을 끌어안고 입술에 키스를 했다

"헉!"

"어머, 얘들아!"

당황하는 다 큰 아들의 모습을 보고는 좀 더 놀려주고 싶어 시작한 농담이 아들이 여자 친구에게 프로포즈를 하는 사건을 만들어버렸다.

그런데 더욱 당황스러운 것은 프로포즈를 받은 애인이 그 청혼을 받아들이면서 바로 키스를 했다는 것이었다.

이를 지켜보던 조윤희 여사나 정병규 옹은 설마 이렇게 적극적으로 표현할 줄은 상상도 하지 못했었기에 더욱 당황했다.

아들이 여자 친구에게 청혼한 것도 놀라운 일인데, 그것을 받은 여자가 승낙의 표시로 키스를 하는 것은 이들 부부로서는 쉽게 받아들이지 못할 정도로 큰 충격이었다.

외국 영화를 보면 그런 장면이 나오기는 한다.

좋아하는 연인끼리 주변의 시선도 의식하지 않고 서로에 대한 애정을 확인하는 장면 말이다.

하지만 그런 장면은 영화에서나 나오는 장면인 줄 알았다. 설마 자신의 아들이 그런 장면을 연출할 줄은 상상도 못한 부부였다.

"흠! 흠!"

"어머, 여보, 왜 그러세요. 보기 좋구만."

놀란 부부이기는 했지만 두 사람의 반응은 각기 달랐다.

수현의 아버지인 정병규 옹은 낯이 뜨거워 상황을 회피하기 위해 헛기침을 해댔고, 어머니는 그런 남편을 살짝 타박하듯 말하면서도 슬쩍 아들과 아들의 여자 친구를 곁눈질로 쳐다보았다.

그런데 그런 조윤희 여사의 눈빛에는 살짝 아쉬움이 담겨 있었다.

조윤희 여사는 자신의 며느리가 한국 여자였으면 했다.

구청에서 하는 주부교실에서 배운 영어로 어느 정도 말을 알아듣고 손짓 발짓을 하며 대충 이야기를 하고는 있었지만, 역시나 외국어는 어려웠다.

셀레나도 수현과 사귀면서 한국어 공부를 하기는 했는지,

어설픈 한국어도 섞어가며 대화를 했다.

하지만 그것이 익숙한 한국어로만 대화를 하는 것보다는 불편한 것도 사실이었다.

그렇지만 조윤희 여사도 이제는 어쩔 수 없음을 깨닫고 있었다.

아들의 표정이 예전처럼 자연스럽기 때문이었다.

한국에서 연예인이 되고 큰 인기를 얻었지만 고초도 심했다.

느닷없는 스캔들로 인해 마음고생도 무척이나 했고, 그것을 옆에서 지켜보는 그녀의 마음도 아들 못지않게 뭉그러졌다.

연예인이 되고 숙소 생활을 하면서 집에 찾아 올 때면, 팬들의 사랑에 행복하다는 아들의 얼굴을 보면서 전 여자친구와 헤어진 아픔을 모두 잊었다는 것에 안심을 했었다.

사실 아들이 연예인이 되겠다는 말을 했을 때는 무척이나 걱정이 많았다.

그도 그럴 것이, 오랫동안 사귀던 선혜와 헤어진 이유가 선혜가 연예인이 되겠다면서 아들에게 이별 통보를 했기 때문이었다.

원래 한 동네에 살던 잘 아는 사이인 선혜이고, 또 선혜가 친구의 딸이기에 아들과 잘 사귀고 있는 모습에 조윤희 여사는 선혜가 수현의 짝으로서 자신의 며느리가 될 줄 알았다.

그만큼 둘이 죽고 못 살 정도로 붙어 다녔기에 그렇게 믿었다.

하지만 사람의 일은 아무도 모른다고, 아들이 군대에 입대하는 날에도 논산까지 따라가며 울고불고하던 선혜가 얼마 지나지 않아 그렇게 나올 줄은 몰랐다.

그때문에 친구인 선혜 엄마와도 사이가 어색해졌다.

같은 동네에 살다보니 보지 않을 수는 없지만, 그 후로는 잘 만나지 못했다.

그래도 부끄러운 것은 알고 있는지, 선혜 엄마는 자신을 일부러 피해 다녔다.

아무튼 그런 일이 있었기에 아들이 연예인이 되는 것은 반대하고 싶었다.

그런데 그런 일을 겪었으면서도 연예인이 되겠다는 아들의 말에 허락을 했다.

그러면서 아들이 연예인이 되고 아픔을 잊어가는 것 같아 마음을 놓았는데, 스캔들이 있고 나서 아들의 표정이 다시 예전으로 돌아가고 더욱 힘들어하는 것 같아 마음이 아팠다.

그런데 지금은 여자 친구와 함께 즐거워하는 모습을 보니 안심이 되었다.

예전의 힘들어 하던 모습이 아닌 그 이전의 아주 행복한 표정을 짓는 아들을 보자, 자신이 그런 욕심을 부려서는 안 되겠다는 생각이 들었다.

"어휴, 셀레나. 여기서 이럼 어떻게 하니!"

보다 못한 올리비아가 얼른 수현의 목을 끌어안고 키스를 하고 있던 셀레나를 떼어냈다.

비록 당사자는 아니지만, 오랜 기간 셀레나의 매니저 일을 하다 보니 그녀에게 셀레나는 그저 단순한 연예인이 아니라 이제는 가족 같은 존재였다.

물론 그건 셀레나 또한 마찬가지였고 올리비아를 자신의 가족이라 생각하고 있었다.

'아!'

올리비아의 목소리를 듣고 나서야 셀레나는 조금 전 수현의 프로포즈에 취해 자신이 무의식적으로 무슨 행동을 했는지와 자신이 오늘 무엇 때문에 이곳에 왔는지를 떠올렸다.

벌떡!

상황을 인지한 셀레나는 올라타고 있던 수현의 무릎에서 빠르게 내려와 붉어진 얼굴로 수현의 부모님께 사과를 했다.

"어머님, 아버님, 죄송해요. 너무 기쁜 나머지……."

그런 셀레나의 변명을 들은 조윤희 여사는 호탕하게 웃었다.

"호호호호!"

지금 상황이 어떤 것인지 그녀도 잘 알고 있기 때문이었다.

좋아하는 남자에게서 청혼을 받았는데 기쁘지 않을 여자가 어디 있겠는가. 마치 모든 것을 다 얻은 기분이지 않겠는가. 자신 같아도 아마 주변 상황이 눈에 들어오지 않았을 것이란 생각을 했기에 그저 웃기만 했다.

"그래그래, 좀 얼렁뚱땅한 감은 있지만 두 사람이 서로 좋아하는 것을 보니까 나도 좋네!"

아들과 연인의 서로에 대한 사랑이 충만하다는 것을 알고 나니 안심이 되었다.

"그래, 그런데 오늘은 무슨 요리를 한 거니? 처음 보는 것 같은데……."

종종 자신들을 위해 아들은 새로운 요리를 만들곤 했다.

1년 만에 돌아온 아들은 오늘도 새로운 요리를 준비해 왔다.

물론 그것이 전적으로 자신들을 위한 것인지, 아니면 지금 옆에서 꿀이 뚝뚝 떨어지는 표정으로 아들을 바라보고 있는 여자 친구를 위한 것인지는 알 수 없었지만 말이다.

"특별한 날이잖아요. 그리고 이제는 신 메뉴도 나올 때가 됐고요."

수현은 별거 아니라는 듯 이야기를 했다.

하지만 신 메뉴라는 수현의 말에 이를 듣고 있던 수현의 부모님은 그렇지 못했다.

그리고 옆에 있던 셀레나와 올리비아도 마찬가지였다.

수현이 요리를 하러 나갔을 때, 그의 부모님과 이야기를 나누면서 이곳이 어떤 곳인지 알게 되었다.

수현과 사귀고 종종 그가 해주는 요리를 먹어보면서 음식점을 내도 유명해지겠다는 생각은 했지만, 진짜로 음식 사업을 하고 있을 줄은 상상도 못했다.

물론 스타들 중에는 연예인이란 직업 말고 다른 사업을 하는 스타들도 많다.

실제로 영화배우인 톱스타 제시 알바는 영화배우란 직업 외에도 유아용품 사업을 하고 있다.

또 셀럽 중에 한 명인 미란다 빅은 유명 속옷 모델이면서도 자신 또한 속옷 브랜드를 런칭해 판매하고 있다.

하지만 이런 사람들은 휴식기에만 사업에 신경 쓰고, 배우로서 또는 모델로서 활동할 때는 전문 경영인에게 사업을 맡긴다.

하지만 수현은 비록 경영은 부모님에게 맡기고 있기는 했지만, 판매하는 요리들을 직접 개발하고 요리사들에게 만드는 법을 전수한다고 하니 놀라울 따름이었다.

그런데 오늘 또 새로운 메뉴를 만들었다는 말에 다시 한 번 놀랐다.

셀레나와 올리비아는 수현이 미국에서 어떤 생활을 했는지 누구보다 잘 알고 있었다.

미국에서의 전국 투어는 단순하게 도시와 도시를 이동하며 공연만 하는 것이 아니다.

겉으로 보기에는 단순히 도시를 이동하며 공연을 하는 것으로 보이지만, 그 안에는 레이블에서 짠 스케줄이 있다.

그 지역 방송국에서의 인터뷰나 토크쇼 등에도 응해야 하는 것이다.

그때문에 처음 투어를 시작할 때는 건장하던 스타들도 투어가 끝나면 10킬로씩 체중이 줄기도 한다.

그만큼 고된 일정인 것이다.

그런 중에도 수현은 리더이기에 팀을 챙기고, 스태프들도 챙겼다.

다른 멤버들에 비해 몇 배나 되는 스케줄로 인해 스트레스를 받는다는 소리였다.

그런데 그렇게 바쁜 와중에 신 메뉴까지 개발했다니…….

신 메뉴를 자신들 앞에 선보인 수현이 다시 한 번 대단하게 느껴졌다.

"젊은 연인들도 이곳을 데이트 코스로 찾는다고 하니 준비해 봤어요."

수현은 매니저로부터 전해들은 것을 신 메뉴를 기획할 때 참고했다.

그러면서도 황찬이 추구하는 방향으로 요리를 개발했다.

〈『스타 라이프』 제14권에서 계속〉

더리터너
기망하다
책향기

폭력의 잔재
Bondage & Marriage

BOOKS
로그인
로맨스 판타지 무협 BL 종이책 이벤트
리라이트
엘리아
파문
류은채
내일너에게 사랑을...
윤해조
강력 추천! 종이책
사랑도 아니면서
김제이
처음부터 너...
소낙연
신간

BBULMEDIA

BBULMEDIA